KB077425

전병헌과 반려견
다온이와 모아의
교감과 치유일기

# 나에게도
# 개행복

**나에게도 개행복**
전병헌 지음

**초판 인쇄** 2023년 04월 20일
**초판 발행** 2023년 04월 25일

**지은이**  전병헌
**펴낸이**  신현운
**펴낸곳**  연인M&B
**기 획**  여인화
**디자인**  이희정
**마케팅**  박한동
**홍 보**  정연순
**등 록**  2000년 3월 7일 제2-3037호
**주 소**  05056 서울특별시 광진구 자양로 73(자양동 628-25) 동원빌딩 5층 601호
**전 화**  (02)455-3987 팩스(02)3437-5975
**홈주소**  www.yeoninmb.co.kr
**이메일**  yeonin7@hanmail.net

값 16,000원

ⓒ 전병헌 2023 Printed in Korea

ISBN 978-89-6253-557-0 03810

전병헌과 반려견
다온이와 모아의
교감과 치유일기

# 나에게도
# 개행복

전병헌 지음

연인M&B

# 다온이와의 첫 만남

### -고통과 울화의 위로와 치유

한창 힘들 때였다. 억울함에 뼈가 사무칠 때였다. 밤에 잠은커녕 억울함과 울화로 극심한 수면장애에 시달렸다. 뉴스만 보던 습관이 있었으나 뉴스도 차단하게 되었다. 유일한 취미라 할 수 있는 영화도 눈에 들어오지 않았다. 무엇 하나도 집중할 수 없었다.

어느 날 딸아이가 강아지를 키워 보자고 말했다. 아내는 배변 문제를 비롯한 위생 문제와 산책 문제 등 반려견 돌봄 일이 벅찰 것 같다고 반려견 입양을 반대하였다. 나 역시도 망설이고 있던 때였다. 그러던 어느 날, 딸아이가 한 강아지 사진을 내게 보여 주었다. 딸이 가입하여 활동하고 있는 강아지 관련한 커뮤니티(카페)에서 가정 입양 소식을 듣고, 내게 강아지를 보여 준 것이다. 한마디로, 그 강아지에게 마음을 빼앗겼다! 망설임 없이 지금 당장 데리러 가자고 했다.

입양할 강아지는 경기도 안성에 위치한 작은 식당을 운영하는 가정집에 있었다. 입양하러 가면서 견종에 대한 정보를 검색해 보았다. 매우 영리하고 털도 덜 빠지는 푸들이었다. 아빠와 엄마는 모

두 실버 푸들이었는데, 세 마리 새끼 중 두 마리는 은색, 한 마리만 크림색에 가까운 흰색이었다. 이름하여 금동이, 은동이, 동동이(사진).

2017년 9월에 출생한 세 마리 푸들 중 막내 동동이를 입양하기로 결정했다. 금동이, 은동이는 입양 가정이 정해져 있었지만, 그렇지 않았더라도 우리는 동동이를 입양했을 것이다. 그때가 2017년 11월 마지막 주말이었다.

입양을 반대했던 아내는 집안에서 형제들과 '칠렐레~팔렐레' 돌아다니던 동동이가 간식 하나에 케이지로 쏙 들어가는 것을 보고 그 순간, 사랑에 빠졌다고 했다. 그렇게 우리는 케이지 속 동동이와 함께 꽤 먼 거리에 떨어진 집으로 가는 도중 고속도로 휴게소에서 잠깐 쉬게 되었다.

케이지 속에서 어떤 움직임도 없어 케이지를 안고 있던 딸아이가 혹시 동동이가 케이지를 빠져나간 것은 아닌가 해서 케이지를 열어 보았다. 케이지를 자세히 살펴봤더니 동동이가 멀미를 했는지, 토사물을 내뱉은 흔적이 있었다. 아무래도 동동이가 토사물을 도로

먹은 듯했다. 분비물이 있으면 외부 침입자로부터 발각되기 쉬우니 본능적으로 자신의 토사물을 도로 먹었을 것이라는 비전문가[?] 아들의 설명이 일리 있게 들렸다. 낯선 경험이었다.

집에 온 동동이는 너무 신중하고 얌전해서 거의 한 달 가까이 케이지 1미터 반경 안에서 조심스럽게 움직였다. 적응이 덜 된 것이다. 동동이는 입양한 지 한 달이 지나서야 집안 이곳저곳을 누비기 시작했다. 이제 겨우 적응한 것이다.

며칠 고심한 끝에 딸아이는 동동이의 이름을 순 한글 이름인 '다온'으로 결정하였고 우리 가족 역시 동의하였다. 그렇게 다온이는 우리 가족이 되었다.

 **2부** 비송 타임

**3부** 강아지숲

# 4부 시고르자브종

**5부** 견우일가

# 6부 반려견 놀이터

1부

# 강아지똥

# 강아지똥

 동화작가 권정생 선생은 동화책 「강아지똥」에서 "쓸모없는 것은 없단다." 하고 말했다. 아무도 거들떠보지 않는 강아지똥은 동화책에서 민들레꽃의 거름이 되었지만, 요즘 강아지똥은 모두가 예민하게 신경쓰는 것이 되었다. 집 근처 공원이나 반려동물 동반이 가능한 백화점, 쇼핑몰만 가 봐도 '펫티켓'(반려동물 에티켓)을 지키려는 반려인이 상당하다는 것을 확인할 수 있다.

 집 앞 공원에 한 번이라도 가 본 사람이면 알 것이다. 견주들이 반려견에게 목줄을 채우고 작은 봉투 등을 가지고 다니는 것을 심심치 않게 볼 수 있다. 비반려인은 그 봉투의 용도를 잘 모를 수도 있겠다. 그것은 바로 반려견의 강아지똥(배변) 수거 봉투다. 반려견과 산책하거나 이동하다가 반려견이 배변할 때 바로 치우기 위해 꼭 챙겨야 할 펫티켓 중 하나가 바로 배변 봉투. 배변을 바로 치우지 않으면 위생적으로 좋지 않을 뿐더러, 미관상 좋지도 않다. 누군가 배변을 밟기라도 한다면 말 그대로 '똥 밟은 상황'이 되니, 타인에게 민폐를 끼치지 않으려면 세심한 배려가 필요하다.

나 역시 다른 반려인처럼 다온이를 데리고 집 앞 공원에 자주 산책을 나간다. 정확히 말하면, 다온이가 나를 산책시켜 준다는 말이 맞을 것 같다. 그렇게 산책하다 보면 이따금 길가에 강아지똥, 즉 배변의 흔적 혹은 배변을 발견하게 된다. 견주가 미처 배변의 상황을 인지하지 못했거나 배변 봉투를 챙겨 나오지 못해 어쩔 수 없이 모른 척해서 발생한 '사건'일 것이다. 비반려인이 반려인을 혐오하게 되는 대표적인 사례 중 하나가 바로 이와 같은 배변의 방치다.

그래서 나는 다온이와 모아의 배변이 아니더라도 길가에 배변이 보이면 바로 치운다. 견주가 어떤 사람이고 어떤 생각을 했든 간에, 같은 반려인으로서 우리 반려견과 반려인이 욕먹으면 안 되니까 하는 마음에서다. 물론 가끔은 이런 생각도 든다. 상습적으로 배변 봉투를 잘 챙겨 나오지 않는 견주가 반려견의 배변을 그대로 둬도 누군가가 잘 치워 주는구나 하고 게을러지면 어쩌지 하는 생각이 들 때도 있긴 하다. 그렇지만 그것은 그 견주의 문제.

나는 오늘 아침에도 강아지똥을 치웠다. 쓸모없는 것이지만 그대로 두면 '혐오의 거름'이 된다. 앞으로도 나는 강아지똥을 즐겁게 치울 것이다. 그렇게 어려운 일도 아니니까.

# 가족임을 증명한 다온이

다온이가 우리 가족임을 스스로 증명한 사건이 두 번 있었다.

첫 번째 사건은 5개월 무렵의 다온이와 애견동반 펜션에 갔을 때다. 강화도에 위치한 애견동반 펜션에는 가족탕(히노키탕)이 있었다. 우리 가족은 다온이를 풀어 두고 가족탕에 물을 채우고 한 사람씩 탕에 들어갔다. 제일 나중에 아들까지 탕 속에 들어왔다. 다온이는 우리 가족 모두가 차례로 탕 속에 들어가는 것을 지켜보고 있었다. 그런데 갑자기 '첨부덩' 하는 소리가 났다. 다온이가 갑자기 탕 속에 뛰어든 것이다.

어린 강아지 다온이가 탕 속으로 뛰어들 줄은 누구도 예측하지 못했다. 탕 속에 뛰어든 다온이는 그렇게 깊은 물에 들어간 적이 없으니 다온이는 바로 질겁했고 나는 잽싸게 다온이를 안았다. 가족들이 하나둘 탕에 들어가니 자기도 가족의 일원임을 입증하겠다고 탕에 뛰어든 것이다. 놀랍기도 했지만 한편으로는 다온이가 대견했다. 이 사건을 계기로 우리는 유대감이 더욱 생겨났고 더욱더 다온이를 사랑하게 되었다.

두 번째 사건은 다온이가 1살이 다 되어 갈 때였다. 다슬기가 있는 하천에 우리 가족이 놀러갔다. 아내와 딸아이가 다슬기 잡는 것을 무척 좋아했기 때문이다. 하천 근처에 작은 모래사장도 있어 다온이도 놀기 좋을 것 같아 함께 갔다. 물론 울퉁불퉁 바위가 많았고 깊어 보이는 물 때문인지 다온이가 바로 가족 근처로 오지는 않았다. 이에 장난기가 발동한 아내는 물에 빠진 시늉을 했다.

그런데 다온이는 그런 내 아내를 보고는 바로 물에 뛰어들었다. 아내를 구하려는 것이었다! 하지만, 용기는 무척 가상했으나 몸집이 작은 다온이는 물에 둥둥 떠내려가고 말았다. 아내는 바로 다온이의 목줄을 잡아 떠내려가는 다온이를 구출해 냈다. 우리는 박장대소했고, 다온이는 그때부터 아내의 사랑을 더욱 독차지하게 되었다.

# '중남' 다온이

　입양하고 나서 한 달이 채 안 된 4개월령 다온이를 중성화 수술을 시켰다. 하루라도 어렸을 때, 멋모를 때 해 주는 것이 좋다고 생각했기 때문이다. 다온이를 키우면서 우리 가족은 중성화 수술을 한 다온이를 보면서 아쉬운 이야기를 나누기도 했다. 특히나 다온이는 반려견으로서 너무나 완벽한 '모범생'이라서 다온이 2세를 만들어 주었으면 좋았을 것이라는 미련이 생겼기 때문이다.

　하지만 중성화 수술을 해야 질병에 걸릴 가능성을 현저히 떨어뜨릴 수 있고, 또한 분양의 어려움도 잘 알기 때문에 우리는 어쩔 수 없이 중성화 수술을 선택할 수밖에 없었다는 합리화로 자기 위안을 삼고 있다. 다온이의 건강을 위한 부득이한 결정이었고, 다온이는 다행히 수술 후 특별한 부작용이나 후유증 없이 곧바로 건강을 되찾았다.

　그렇게 다온이와 잘 지내다가 한번은 지방에 가기 위해 다온이와 비행기를 함께 타게 되었다. 탑승 수속을 하면서 다온이의 예방접종증명서를 제시하게 되었는데, 증명서 성별 표기란에서 신기한 단

어 하나를 발견하게 되었다. 바로 '중남'이라는 글자였다. '중성화된 남자'를 가리키는 말인 것 같았는데, 얼마나 '웃픈' 말인지 우리 가족은 한참이나 그 글자를 보고 이야기를 나눴다.

내 아들아이가 다온이 입장을 대변하면서 다온이 흉내를 잘 내는 편인데, 어느 날 유튜브 '짤'로 돌고 있는 대사를 '중남' 다온이를 안고 흉내 내는 아들의 개그에 식구들이 자지러지게 웃기도 하였다.

2022년 12월 초에 입양한 4개월령 모아도 이제 곧 중성화 수술을 해야 한다. 모아가 6개월 정도 되었을 때 시킬 예정인데, 걱정이 앞선다. 수컷 중성화 수술에 비해 암컷 중성화 수술은 훨씬 복잡하며 수술 시간 역시 많이 걸린다고 들었기 때문이다. 그만큼 고통도 심할 것이다.

특히나 모아는 요즘 우리 집안에서 엄청난 존재감을 보이고 있는데, 그런 모아가 수술을 하고 오면 얼마나 아파할지 걱정이다. 그렇지만, 분양의 문제와 모아의 건강을 위해서라도 수술 역시 피할 수 없다. 부디 모아가 부작용 없이 바로 건강해지기를 바랄 뿐이다.

그러면 이제 모아도 '중녀'로 기록되는 것인가. 갑자기 궁금해졌다.

# 까치를 구한 다온이

어느 늦은 봄날이었다. 평소대로 다온이를 데리고 산책길을 나섰다. 공원화된 야산에 가 볼 작정이었다. 다온이를 앞장세워 야트막한 언덕길을 오를 때쯤이었다. 갑자기 다온이가 평소에는 가지 않던 길로 나를 이끌었다. 그 방향은 산책로가 아니었다. 나는 산책로를 벗어나지 않기 위해 다온이 목줄을 바투 쥐었다. 그런데 그날은 이상하게도 평소 같지 않게 다온이가 고집을 부렸다. 신기하면서도 '설마 무슨 일이야 있겠어!' 하는 마음에 다온이를 따라가 보기로 작정했다.

다온이는 거침없이 앞으로 나아갔다. 배변이 급해서 그런가 하는 마음에 일단 순순히 다온이를 따랐다. 얼마쯤 가더니 갑자기 상당한 높이의 나무 앞에 멈춰 섰다. "다온아, 여기 왜 온 거야?"라는 말이 떨어지기 무섭게 땅바닥에 떨어진 새끼 까치를 발견하였다. 나무 둥지에서 떨어진 모양이었다. 까치 상태를 확인하려 가까이 갔다. 새끼 까치는 일어서려고 안간힘을 썼지만, 그때마다 다시 쓰러지고 일어서기를 반복하였다. 바닥에 떨어지면서 충격을 받은 듯

하다. 그런 새끼 까치를 내가 만지려고 하니, 나무 꼭대기에서 까치가 요란하게 울어 댔다. 어미인 듯했다.

어떻게든 새끼 까치를 구하지 않으면, 다른 동물들에게 해를 당할 것이 분명해 보였다. 잠시 생각 끝에, 어미에게는 미안하지만 새끼 까치를 구조하기로 마음먹었다. 여기저기 인터넷을 검색한 끝에 서울대 수의대병원에 있는 서울시동물보호소에 새끼 까치를 데려다 주었다.

담당 직원이 말하길, 가벼운 뇌진탕 증세가 있는 듯하니 우선 치료부터 하고 어느 정도 회복된 다음 적절한 시기에 방사시키겠다고 하였다. 우리는 안심하고 보호소를 나섰다.

곰곰이 생각해 보니, 다온이가 새끼 까치를 구한 것이다. 어떻게 새끼 까치가 여기 떨어진 것을 알았을까? 직감이었을까? 냄새를 맡기에는 너무 먼 거리였다. 생명을 지키기 위한 생명체 간의 공명이었을까. 아니면 그냥 우연이었을까. 어쨌든 다온이가 새끼 까치의 생명을 구해 준 셈이다. 새삼 다온이가 대견해 보인다.

지금 생각해도 신비하기만 하다. 물론, 다온이는 잘 알고 있을 것이다.

# 갯벌 속 근로감독관

어느 늦여름, 다온이와 함께 안면도에서 조개를 직접 캐는 '갯벌 체험'을 하기로 했다. 다온이는 발이 푹푹 빠지는 갯벌임에도 불구하고 무척 신나게 뛰어다녔다. 우리는 제각각 떨어져서 열심히 조개를 캐고 있었는데, 다온이는 마치 '근로감독관'처럼 각 가족에게 오가면서 조개가 담긴 통을 살폈다. 조개를 잘 잡고 있는지 궁금했나 보다. 다온이는 여기 와서 참견하고 저기 가서 간섭하면서 시간 가는 줄 모르고 장시간 노동⑺하는 우리에게 큰 웃음을 안겨 주었다.

때로는 우리 가족이 캐놓은 조개를 물어다 다시 갯벌에 묻어 주기를 여러 차례 반복하기도 했다. 불쌍한 조개를 살려 주려고 하는 것인지, 가족들의 작업을 훼방 놓으려고 하는 것인지 그 속내는 다온이만 알고 있을 것이다. 심지어 조개를 캐고 있는 펜션 사장님 옆에 가서 이것저것 참견하다가 갯벌을 파헤치면서 조개 발굴에 합세하기도 하여 펜션 사장님에게 웃음을 선사해 주기도 했다.

그런데 4kg 남짓한 다온이가 뛰니까 근사한 말발굽 소리가 났다.

갯벌에 찰랑이는 물웅덩이를 밟으면서 나는 소리였는데, 우리는 그 소리가 너무 멋있기도 했고 또 잔뜩 더러워진 다온이가 너무 웃겨서 우리들은 사진도 많이 찍고 동영상도 많이 남겼다.

어린아이를 갯벌에 풀어 놓은 것처럼 신나 하는 다온이는 정말 마음껏 갯벌을 뛰어다녔다. 다온이에게 갯벌은 난생처음이었으니 얼마나 신기하고 흥미롭게 느껴졌을까. 조개를 캐는 것보다 다온이가 마음껏 갯벌을 휘젓고 다니는 것을 보는 것이 더 재밌고 힐링이 되었다.

그래서 '안면도' 하면, 다온이와 함께했던 행복한 시간이 먼저 떠오른다. 온몸에 갯벌 칠을 하고 헤벌쭉 웃으며 이리저리 뛰어다니던 정경… 흐뭇한 기억이다. 다온이도 갯벌에 다시 가게 되면 그때의 즐겁고 행복한 기억이 떠오를 것이다.

# 관악산 날다람쥐

다온이는 성격상 뛰어다니거나 촐싹거리지 않는다. 어딜 가든 크게 동요하지 않고 '무관심한 척 시크'하다. 마치 동네 백수가 무릎 나온 '추리닝' 복장에 슬리퍼 신고 동네를 어슬렁거리듯이 말이다. 그런 다온이가 전혀 다른 모습을 보여 주는 경우가 하나 있다. 바로 관악산 트래킹 때다. 우리 가족은 가끔씩 관악산에 오른다. 모아가 입양되기 전에 특히 관악산에 자주 올라갔는데, 그때마다 다온이를 데려갔다. 운동도 시키고 산책도 시키기 위해서다.

붐비는 시간대를 피해 조금 한적한 시간대에 우리는 산행을 시작하는데, 다온이는 결코 등산길에서 벗어나지 않는다. 그런데 다온이는 산행 때는 평소와 다르게 특별히 발걸음이 매우 가볍고 빠르다. 아내가 나보다 산행 속도가 빠른 편인데, 다온이는 내가 잘 따라오는지 뒤를 계속 살피면서 아내와 함께 앞서간다.

내가 보이지 않으면 한참 기다렸다가, 내가 보이면 다시 오르는 것이다. 이를 본 등산객들이 다온이가 참 영리하고 귀엽다고 칭찬했다. 아마도 다온이가 자연을 자유롭게 만끽할 수 있어서 산행을

좋아하는 듯하다.

　그래서 우리 가족은 다온이에게 또 하나의 별명을 지어 주었다. 바로 '관악산 날다람쥐'. 다온이는 관악산에만 오면 물 만난 물고기마냥 신나 한다. 이를 다온이 버전으로 하면, '관악산 날다람쥐'다. 관악산을 만난 다온이는 그 어떤 때보다 재빠르고 민첩하다. 참으로 신기하고 귀여울 따름이다.

# 강아지도 목이 쉰다

다온이가 3살 때였다. 아들과 '관악산 날다람쥐' 다온이와 함께 평소 자주 가던 관악산에 올랐다. 코로나19 감염증이 한창일 때라 인적이 매우 드물었고, 낙엽이 많이 쌓인 배드민턴장에서 다온이와 함께 공놀이를 했다. 가뜩이나 관악산을 좋아하는 다온이와 공놀이가 만났으니 무슨 말을 더하랴. 다온이는 무척 신나게 낙엽 더미 위를 뛰어다니며 공놀이를 즐겼다.

공놀이를 마치고 집에 돌아와 다온이 목욕을 시켰다. 목욕을 끝내고 털을 말리려고 보니, 다온이 피부에 진드기가 잔뜩 붙어 있는 것을 발견하게 되었다. 매사에 꼼꼼한 딸아이가 털을 말리면서 털 속 깊숙이 박혀 있던 진드기를 발견한 것이다. 낙엽 더미에 있던 진드기가 다온이에게 옮긴 듯했다. 지체할 것 없이 바로 동물병원으로 향했다.

동물병원 의사는 100마리 이상의 진드기를 떼어 냈다고 했다. 약용 샴푸로 다시 목욕시키고 나서, 의사는 진드기를 완전히 제거해야 하니 하루 정도는 병원에서 격리해야 한다고 했다. 어쩔 수 없이 우리는 다온이를 병원에 두고 집에 돌아왔다. 앞으로는 낙엽뿐만 아니라 야외 활동 시 진드기를 조심해야 한다는 주의를 절감하게 되었다.

다음 날 저녁, 우리는 다온이를 찾으러 병원에 갔다. 우리 가족을 발견한 다온이는 우리를 무척이나 반겼다. 끙끙대며 안기는데 다온이 목이 쉬었다! "강아지가 어떻게 목이 쉬나요?" 다온이는 집에 혼자 있을 때에도 짖거나 하울링하는 경우가 없이 혼자 조용히 잠만 자는 아이여서, 그때 다온이의 쉰 목소리를 처음 들었다.

병원 간호사가 말하길, 우리가 집에 돌아간 이후 찾으러 올 때까지 밥도 안 먹고 하루 종일 울었다는 것이다. 너무 울어서 목이 쉰 것이다. 생각해 보니, 다온이가 집이 아닌 다른 곳에서 가족과 오랜 시간 떨어져 지내 본 것은 그때가 처음이었다.

다온이는 가족이 자신을 버린 줄 알고 두려움과 걱정으로 불안에 떨었을 것이다. 얼마나 울었을지 짐작도 되지 않았다. 안쓰러운 다온이를 안고 서둘러 병원에서 나왔다.

하루 동안 떨어졌던 다온이의 반응과 모습을 보면서, 갑자기 주인으로부터 유기되어 낯선 장소에 혼자 있게 된 유기견들의 심정이 어느 정도일지 가늠이 되었다. 그런 고통스러운 과정을 겪었을 유기동물들이 너무나 불쌍하고 애처롭게 느껴졌다. 자기와 지내온 반려동물을 무책임하게 유기한 인간들이 너무나 모질고 잔혹하다는 생각과 함께….

강아지도 목이 쉴 수 있다는 것을 그때 알았다. 주인의 부주의로 생고생한 다온이가 가엾다는 생각과 함께 다온이가 더욱 사랑스러워졌다.

# '차도남' 다온이

대부분의 강아지는 밥을 주는 사람보다 산책시켜 주는 사람을 '찐' 주인으로 여긴다고 한다. '산책 가자'라는 말만 해도 이미 문 앞에서 먼저 기다리고 있거나 목줄을 물고 오는 강아지들 '짤'은 아주 쉽게 찾아볼 수 있다. 그러나 우리 다온이는 이와 조금 다르다.

일단 다온이는 가족 중 하나가 산책 복장을 하거나, 산책 가자는 말만 해도 벌써 눈치를 채고 꼬리를 내리는 동시에 식탁 밑으로 들어가 숨는다. 산책 가기 싫다는 내색을 팍팍 낸다. 하지만 내 생각에 다온이는 산책 가기를 싫어하는 것이 아니라, 산책 복장의 '댕댕이 산책옷'을 갖춰 입는 것을 싫어하는 것 같다. 다온이는 옷을 입혀 놓으면 기분이 몹시 상했다는 듯이 시무룩한 표정을 짓고 털썩 바닥과 밀착해 누워 버린다.

그러나 정작 산책을 나가면, 곧잘 한다. 급하지 않게 자연 만물의 냄새를 천천히 맡아 가며 정해진 산책길을 벗어나지 않고 여유 있게 앞으로 나아간다. 더욱이, 사람이나 다른 개를 향해 짖는 경우가 단 1도 없다. 자기와 체구가 비슷한 개가 반대편에서 오고 있

으면, 다온이는 그 개가 다가오기를 그저 기다렸다가 냄새 잠깐 맡고, 아주 잠깐 인사한 뒤에 자기 갈 길을 간다.

그런데 자기보다 큰 체구의 대형견이나 마구 짖는 개가 반대편에서 오고 있으면, 다온이는 천연덕스럽게 못 봤다는 듯이 살짝 우회한다. 누가 봐도 반대편의 개를 다온이가 봤는데, 참으로 능청스럽게 연기를 기가 막히게 잘한다. '비굴하게 피하지는 않는다. 그러나 나는 못 봤을 뿐'이라는 것일까. 나름의 전략 혹은 잔머리를 구사하는 다온이가 그저 웃길 뿐이다.

같은 아파트단지에서 가끔 마주치는 밍키라는 갈색 푸들이 있는데, 밍키는 다온이를 바로 알아보고 좀 좋아하는 듯 보인다. 밍키 견주에 따르면, 밍키는 다른 강아지를 마주치면 바로 짖는다고 하는데, 신기하게도 다온이를 마주치면 짖지 않는다고 한다.

그러나 또 다온이가 누구인가. 바로 차가운 도시 남자<sup>(차도남)</sup> 다온이다. 다온이는 그렇게 적극적으로 대시하는 강아지를 무척 싫어한다. 그래도 밍키에 대한 최소한의 예의는 지키려고 하는지 다른 강아지보다는 아주 조금 더 인사를 나눈다. 그리고 뒤도 보지 않고 바로 자기 갈 길을 떠난다. 내가 밍키와 밍키 견주에게 미안할 정도로 말이다.

차도남 다온이. 나름의 매력이 있다.

# 강아지 신발

일반적으로 강아지들한테 산책은 밥보다 중요하다고들 한다. 실제로 산책 나가자고 하면 밥 먹다가도 따라나서는 강아지 이야기를 종종 듣기도 한다. 그런데 산책하고 온 뒤에 '집안'으로 들어오는 방식은 제각각인 듯하다. 미국을 비롯한 서구는 입식문화라 집안에서 신발을 신고 다니는 것은 물론, 신발을 신은 채로 침대에 눕는 모습 또한 자연스럽다. 그러니 외출에서 돌아온 강아지가 집안에 그대로 들어오는 일 역시 하등 문제될 것이 없다.

그러나 신발을 벗고 집안에 들어가는 좌식문화의 한국에서 강아지의 외출은 특별히 신경쓸 일이 많다. 그 가운데 발에 묻은 이물질을 닦는 '세척 과정'은 반드시 거쳐야 할 코스다. 그래서 다온이의 산책 후 발 세척 방식은 크게 네 단계를 거쳐 진화되었다.

첫 번째는 물로 세척 후 드라이기로 발을 잘 말려 주는 것이었다. 가장 확실하고 위생적인 방법이지만, 다온이가 드라이기 소리에 스트레스를 많이 받는 것 같아 1년여 만에 그만두게 되었다. 두 번째는 세정제로 발을 닦는 것인데, 이 역시 다온이의 발에 몸에 해로

운 약품이 닿는 일이라 고민 끝에 그만두게 되었다. 세 번째로 우리는 물티슈를 택했다. 간편하긴 했지만 물티슈로 발바닥을 계속 문지르는 일이 다온이 발바닥 피부에 자극이 되고 발바닥이 젖은 상태로 오래 있게 되어 그것 역시 건강에 좋지 않을 것 같아 곧 중단시켰다. 이러한 시행착오 끝에 아들아이가 인터넷 검색 끝에 다온이에게 신발을 신기는 방법을 택하였다. 헝겊 소재나 고무 소재 신발 등을 신기다가 마침내 종이 소재의 신발을 신기게 되었다. 천이나 고무 소재의 신발보다는 종이 소재의 신발이 댕댕이 보행이나 관절에 상대적으로 무리가 덜 갈 것 같다는 판단 때문이다.

현재 다온이는 종이 신발을 신고 있는데, 3~4일에 한 번씩 신발을 갈아 주면 되어서 상대적으로 편리하다. 더욱이 겨울철 눈이 내린 뒤 길가에 뿌린 염화칼슘에 화상을 입는 일 또한 방지할 수 있어 여러모로 장점이 많다. 물론 장시간 외출을 하거나 30분 이상 산책할 때는 관절에 무리가 될 수 있을 것 같아 신발 없이 다녀와 다온이를 물로 씻긴다.

대다수의 강아지는 신발 신는 것을 싫어하거나 신발을 신어도 제대로 잘 걷지 못하는데, 다온이는 신발을 신고 아주 잘 걷는 편이다. 다온이가 신발을 신고 산책하는 모습을 본 비반려인들은 다온이를 귀엽고 신기하게 바라보며 말을 건네기도 하고, 반려인들은 신발을 신고 잘 걷는 다온이를 보고 감탄과 함께 부러움을 표시하기도 한다. 모아 역시 다온이를 따라 신발 신는 것을 싫어하지 않고, 신발 신고 산책도 곧잘 한다.

강아지 산책이 참으로 쉽지는 않지만, 특히 매일 꼬박꼬박 챙기는 것이 간단치는 않으나 그래도 함께할 수 있어 행복하다.

# 다온이의 생일상

　다온이의 생년월일은 2017년 9월 16일이다. 다온이가 우리 가족이 되고 나서 다섯 차례의 생일잔치가 있었다. '잔치'라고 말하기는 어렵지만 그래도 딸아이가 간단한 생일 데코레이션을 하고 자그마한 생일 케이크를 앞에 두고 기념사진을 찍는 일을 계속해 오고 있다. 물론, 다온이는 이 모든 것을 귀찮아하는 것 같다.

　생일날 다온이의 유일한 관심은 바로 다온이용 생일 케이크다. 생일 케이크는 딸아이가 직접 만드는데, 전문 셰프에 버금갈 만큼 요리 솜씨가 있어 보인다. 예컨대 딸아이는 파스타를 요리할 때 '알 덴테(Al dente)'로 면을 아주 잘 삶아 내는 재주가 있다. 다온이 케이크 역시 파스타처럼 요리 솜씨를 마음껏 펼치지 않았을까 한다. 다온이 생일 케이크를 내가 직접 먹어 본 적은 없지만, 보기만 해도 먹음직스러울 뿐만 아니라 다온이가 무척 좋아하는 것을 보니 맛도 상당히 좋을 것 같다.

　딸아이에게 레시피를 물어보니, 지방 없는 순 소고기에 고구마를 섞어 케이크 형태를 만들고, 두부를 갈아서 케이크의 크림을 대

신하는 것이 기본이라 한다. 케이크는 다온이 얼굴과 똑같은 모양으로 만든다. 사람이 먹는 음식과 같이 정성을 쏟아붓는 것은 같지만, 다온이 케이크에는 소금이나 설탕을 일절 쓰지 않는다고 한다. 이것이 아마 가장 큰 차이일 것이다.

다온이가 고깔모자와 생일 옷을 입고 사진을 찍는 세리머니를 무척 귀찮아하니 우리는 아주 빠르게 세리머니를 진행한다. 곧바로 생일 케이크를 무척 맛있게 먹는 다온이. 다른 건 몰라도 생일 케이크가 다온이에게 큰 선물이 되는 것만큼은 틀림없는 것 같다.

# 누가 분리불안일까

〈세나개〉와 같은 문제견 솔루션 프로그램의 단골 소재는 바로 반려견의 분리불안이다. 강아지가 주인과 떨어져 집에 혼자 남겨지게 될 때 불안한 증세를 보이며 다양한 문제를 일으키는 것이다. 하울링을 하거나 이곳저곳 마킹을 하거나 벽지를 비롯해 이곳저곳을 물어뜯기도 한다. 때로는 주인이 나가 버린 현관만 망부석처럼 하염없이 바라만 보기도 한다. 우리 가족 역시 다온이를 입양하고 난 뒤 다온이도 혹시 분리불안이 있을까 하여 홈CCTV를 설치하여 다온이를 관찰하기로 했다.

다온이는 우리가 나간 뒤, 준비해 놓은 '노즈워킹(nose working)'을 아주 침착하게 완수하고 나서 혼자서 여유를 만끽하다가 소파나 침대에서 잠드는 것을 확인할 수 있었다. 우리 가족은 이러한 다온이의 행동을 확인하고 다온이를 더욱 대견하게 여기고 더더욱 예뻐하게 되었다.

그런데 외출할 때마다 우리 가족들 사이에 분리불안 문제로 가끔 신경전이 일어나기도 한다. 바로 나의 분리불안 때문이었다. 나는 외출할 때 웬만하면 다온이를 데리고 나가려고 한다. 사실 나는 집에 다온이가 혼자 남아 있는 것이 마음에 걸리기도 하고, 함께 나가면 재미있기도 하고 다온이에게 다양한 경험을 시켜 주는 것도 좋을 것 같다고 생각하기 때문이다. 이런 말을 가족들에게 하면, 가족들은 나에게 "그것이 바로 분리불안 증세!"라고 지적한다. 그럼에도 불구하고 나는 어지간하면 다온이를 안고 집을 나서려고 한다. 과연 내가 분리불안일까.

# 아미 다온

우리 가족이 함께 가장 많이 듣는 음악은 단연코 BTS이다. 빌보드 뮤직어워드, 아메리칸뮤직어워드(AMA)를 휩쓴 한국 K-POP의 대명사이자 K-Culture 심볼이기도 하지만 딸아이가 아미인 덕분(?)이다. 진성 아미인 딸 때문에 집에서 뿐만 아니라 다온이를 데리고 외출하는 차 안에서도 어쩔 수 없이 BTS를 섭렵당하는 일이 비일비재하다.

세계를 제패한 음악이어서인지 그렇게 들어도 싫증나지는 않는다. 오히려 아내는 딸 때문에 BTS에 입덕까지 하였다. 그런데 더 흥미로운 것은 다온이도 BTS에 입덕하게 된 것이다.

다온이는 차를 타면 '헥헥'거리거나 안절부절못할 때가 많았는데 언제부턴지 평안해지는 때가 있다. 가만히 보니 BTS 노래가 나올 때였던 것이다.

무엇이든지 지독하게 반복하다 보면, 질려 버리거나 빠져들거나 둘 중 하나이고 대개는 전자의 경우가 일반적일 것이다. 그런데 BTS 리듬은 아내를 입덕시키고, 다온님까지 입덕(?)시켰으니 세계를 매료시킬 만한 파워를 충분히 가진 것 같다는 생각을 새삼 하게 된다.

다온이는 사진을 꽤 잘 찍는 편이기 때문에, 딸아이는 BTS 콘서트에 다녀오거나 굿즈를 사고 나서 인증샷을 찍을 때 다온이를 모델로 십분 활용한다. 사진만 모아 놓고 보면 딸이 아니라 다온이가 우리집 메인 아미이다.

　사진을 찍고 나면 떡고물처럼 떨어지는 간식 때문인지는 몰라도, 다온 모델님 역시 싫지 않은 눈치여서 가끔씩 꼴불견⑦일 때도 있다.

　어찌되었던 다온님을 포함한 우리 가족 과반수가 '찐아미'이시니 BTS가 울려 퍼지면 꼼짝 못하고 들어주는 수밖에 없다. 사실은 나 역시도 아미라고까지는 할 수 없지만 〈Answer: Love My Self〉, 〈On〉, 〈Airplan Pt.2〉, 〈소우주〉 같은 곡은 좋아하는데, 특히 〈소우주〉는 최애곡 중 하나임을 부정할 수 없다.

　어쨌든 세계를 주름잡는 BTS가 딸아이와 아내는 물론 우리집 다온이까지 입덕시킨 BTS의 또 다른 영향력에 감탄과 갈채를 보내지 않을 수 없다.

　BTS 공연이라도 있으면 딸아이가 입장권을 구하느라고 동동거리는 것을 몇 번 보아 왔는데, 혹시라도 BTS의 '반려견 동반 콘서트'라도 있게 된다면 입장권 때문에 동동거리는 사람이 하나 더 늘어날 것이 틀림없다.

　그 장본인은 바로 내가 될 것 같다.

# 다온아 미안해

　이번 차제에 다온이 사진을 정리하면서 다온이의 어렸을 적 사진을 다시 보았다. 특히나 힘든 시기에 위로와 웃음을 선물해 줬던 기억이 새삼스레 떠오른다. 참 고맙다는 생각이 든다.

　다온이는 어렸을 때, 눈이 삐죽하고 눈꼬리가 올라가서 우리 식구들은 '윌'이라는 애칭으로 다온이를 부르기도 했다. 미국 배우 '윌 패럴'을 닮았기 때문이었다.

　많은 사진에서 우리 가족의 사랑을 독차지했던 다온이를 확인할 수 있었다. 그렇게 우리의 애정과 관심을 한몸에 받았던 다온이가, 최근에는 모아 때문에 스트레스를 좀 받고 있지 않을까 하는 미안함이 든다. 모아 역시 우리 가족의 관심을 듬뿍 받는 데다가, 무척이나 시크한 다온이에게 놀아 달라고 무작정 들이대는 모아가 있으니, 다온이의 속도 말이 아닐 것 같다.

　우리는 한 마리의 반려견보다 두 마리의 반려견이 우리의 가족이 되면 행복이 두 배가 될 줄 알았다. 워낙 다온이가 사랑스러웠기 때문에, 다온이가 두 마리가 되면 얼마나 좋을까 하며 기대했던 것이

다. 물론 우리 가족은 모아를 입양한 뒤에 웃을 일이 더 많아졌고 가족 간 대화 나눌 화제도 훨씬 더 많아졌다. 그러나 다온이 입장에서 아직은 행복이 '두 배'가 되진 않은 것 같다.

우리는 우리 가족 모두 외출하고 다온이와 모아가 집에 남겨졌을 때, 다온이와 모아가 남매처럼 혹은 한 가족처럼 서로 의지하면서 잘 지낼 것이라 생각하고 있지만, 아직은 시간이 더 필요한 것 같다. 서로 적응하는데 6개월 정도가 일반적으로 걸리는 시간이라 하니, 아마도 올해 여름쯤이면 서로 잘 지내지 않을까.

가끔 모아가 다온이에게 자기와 놀아 달라고 덤빌 때가 있다. 다온이는 그런 모아를 보고 한두 번은 참지만, 계속 그러면 다온이 역시 짜증을 낸다. 이에 모아는 짖으면서 항변을 한다. 모아의 당돌한 항변을 들은 다온이 역시 또 짖으면서 항변을 한다. 서로 말싸움 또는 기 싸움하는 것일지도 모르겠다.

그러다 모아는 직성이 풀리지 않으면 급기야 '비숑 타임'을 선보인다. 온 집안 곳곳을 매우 빠르게 뛰어다니면서 다온이의 혼을 쏙 빼놓는다. 그런 모아를 보며 다온이 또한 심하게 나무라는지 막 짖어 댄다. 우리는 그런 다온이와 모아를 보며 재밌어하면서도 동시에 이웃집에 피해가 될까 봐 전전긍긍한다. 다온아 미안해. 조금만 참아!

2부

비숑 타임

# 모아와의 첫 만남

다온이를 키우면서 반려동물을 통해 '얻는 것' 혹은 '받는 것'이 너무나 많다는 것을 알았다. 이윽고, 우리 가족은 반려견 한 마리를 더 입양하는 것이 어떨까 하는 고민을 하게 되었다. 다온이를 키우면서 받은 위로가 크니, 한 마리를 더 키우면 위로도 행복도 2배가 되지 않을까 하는 생각에 이른 것이다.

두 마리의 반려견을 키우면 어떤 문제가 생기는지, 어떤 점이 좋은지 소위 '폭풍검색'을 통해 심사숙고했다. 특히 반려견끼리 사이가 심각하게 좋지 않으면 답이 없으니, 우리는 보다 신중해야 했다. 아내 역시 새로운 반려견이 집에 오면 다온이가 스트레스받을 수 있으니 조심해야 할 것을 당부했다. 물론, 아내 또한 다온이가 주는 기쁨이 많았기 때문에 처음 반려견을 입양할 때처럼 반대하지는 않았다.

그러던 차였다. 아들아이가 자기 지인의 어미 개가 4마리의 새끼를 낳았다는 소식을 알려 왔다. 2마리는 이미 분양했고 1마리 더 분양한다는 것이다. 나는 바로 아들에게 견종을 물어보았다. 프랑스,

벨기에 등을 고향으로 두고 있는 비숑 프리제(Bichon frise)란다.

전부터 반려견을 한 마리 더 입양한다면 실버푸들이나 비숑을 선택하려고 했었는데, 때마침 비숑이라고 해서, 바로 입양할 것을 아들에게 주문했다. 수컷인 다온이와 다른 암컷이어서 더 좋았다. 두 마리의 반려견을 키울 경우, 성별이 다른 것이 좋고 3~5살 차이가 좋다고 들었는데, 이에 아주 딱 맞는 반려견이 우리를 기다리고 있는 것이다! 당연히, 가족 모두 찬성했다!

그렇게 해서 유기견을 입양하려 했었던 애초의 계획은 지인을 통해 4개월령 강아지를 입양하는 것으로 자연스럽게 바뀌었다. 우리는 반려견을 입양하기 전에 반려견 이름을 미리 정해 두었다. 이번에도 한글 이름이었다. 바로, '모아'.

다온이가 5살이 되던 2022년 12월 11일, 그렇게 가족이 또 늘었다. 기쁨도 행복도 두 배가 될 것이라 우리는 믿어 의심치 않았다.

# 행복이 두 배

모아를 가족으로 맞이하기 위해 우리는 철저히 준비했다. 집안으로 바로 모아를 들이기보다는, 바깥에서 만나 서로 자연스럽게 어울리게 한 다음에 집에 들어오는 것<sup>(합사)</sup>이 좋다는 '사전지식'을 십분 활용하였다. 모아를 안고 온 아들은 모아가 엄청나게 얌전한 강아지라고 소개했다.

다온이는 처음 보는 강아지들에게 늘 그러하듯이, 처음 본 모아를 크게 좋아하지도 크게 싫어하지도 않았고, 모아는 아직 세상 물정 모르는 새끼 강아지라서 산책 자체가 익숙하지 않은 것 같았다. 땅에 내려놓기 무섭게 자신을 안아 달라고 아들한테 찰싹 달라붙었다.

그러나 집에 들어온 모아는 무섭게 대반전의 모습을 보였다. 모아는 다온이가 한 달 가까이 걸린 일을 단 10분 만에 끝내 버렸다. 처음에는 다온이와 우리들 눈치를 보더니, 모아는 약 10분도 안 되어 온 집안의 냄새를 맡아 가며 자신의 영역을 찾아나섰다. 모아는 이미 이 집에서 오래 살아왔던 강아지처럼 집안 구석구석 헤집고

다니기 시작했다. 다온이는 처음 본 녀석이 갑자기 나타나 집안을 헤집고 다니는 것이 낯설었는지 못마땅한 표정을 지었다.

모아는 확실히 다온이와 성향이 달랐다. 다온이는 워낙 온순해서 산책길이나 반려견 테마파크 등과 같은 곳에서 다른 반려견을 만나도 크게 동요하지 않는다. 다른 반려견과 어울리기보다는, 주변을 두리번거리거나 어슬렁거리면서 '차도남'의 면모를 보여 준다. 우리 가족은 그런 다온이에게 '대방동 건달'이라는 별명을 지어 주었다.

그런 다온이는 모아가 싸움을 걸어와도 응하지 않는다. 누가 봐도 모아가 물릴 짓을 하는데도 다온이는 크게 신경쓰지 않는다. 모아가 다가오면 자신이 물고 있는 장난감을 양보할 정도로 다온이는 착하다.

반면에 모아는 아직 어려서 그런지 시도 때도 없이 다온이에게 같이 놀자고 툭툭 건든다. 물론 다온이도 정 화가 나면 왕 하고 달려들긴 하지만 겁만 줄 뿐, 직접적인 가해를 하진 않는다. 마치 아버지가 어린 딸을 대하는 것처럼 말이다.

우리 가족은 철딱서니 없는 모아를 통해 다온이가 '천사견'이라는 것을 다시 한 번 확인하게 되었다. 그래서 다온이 별명이 하나 더 늘었다. '천사견'으로….

다온이는 안방 침대를 자신의 영역으로 삼는다. 잠잘 때나 쉴 때 다온이는 침대로 올라간다. 아마 이곳은 다온이 최후의 보루일 것이다. 모아도 그것을 아는지, 집안 여기저기를 찾아다니다가 하루 만에, 자신만의 공간을 찾아냈다. 바로 서재 책상 아래. 사람의 왕래가 적고 외진 곳이니 무척 활달하고 외향적인 모아가 아주 푹 쉴 수 있는 최적의 공간일 것이다.

　다온이는 안방에 모아는 서재에, 이렇게 두 친구가 각자의 공간에 있을 때, 집안은 그야말로 바람결 하나 없는 잔잔한 호수와 같이 평안하다. 세상 모든 것이 제자리에 있는 것 같다.

　세상에 나온 지 넉 달밖에 되지 않은 앳된 강아지가 새로운 환경에 빠르게 적응하는 것을 넘어, 자신만의 공간을 만들어 가는 것이 참으로 신기하게 느껴졌다. 한편으로는 어린것이 생존하기 위해 빠르게 새 환경에 적응하는 것이라 생각하니 대견하기도 했지만, 마음 한구석에는 안쓰럽기도 했다.

　반려견 두 마리를 키우니 웃을 일이 전보다 두 배, 아니 몇 배 더 많아졌다. 현관문을 열 때 득달같이 달려오는 다온이와 모아를 보며 오늘 하루도 수고 많았다는 위로를 받는다. 이 평안함과 기쁨이 앞으로도 오래 유지되기를 소원해 본다.

# 비숑 타임

가끔 모아에게 '그분이 오실 때'가 있다. 갑자기 온 집안을 미친 듯이 뛰어다니면서 잠시도 쉬지 않고 온몸의 근육을 최대한도로 사용하는 때가 있다. 이름하여 '비숑 타임'.

어떤 자극을 받거나 특정한 무언가를 보고 반응하는 것이 아니다. 정작 자신은 무언가에 자극받았을 수도 있겠지만… 얌전하게 앉아 있다가 '뜬금없이' 온 집안을 뒤집어 놓는다. 비숑 견주들에게 잘 알려진 '비숑 타임'.

밝혀진 바에 따르면, 비숑이라는 견종은 다른 견종과 다르게 무척 활동량이 높고 외향적이지만, 충분하게 에너지 소비를 하지 못하면 '비숑 타임'으로 에너지를 분출한다고 한다.

그러니까 '비숑 타임'이 왔다는 것은, 오늘 하루 에너지를 다 쓰지 못했다는 뜻이고, 오랜 시간 집안에 갇혀 있어 스트레스를 받았다는 말이자, "집사야, 당장 나를 산책시켜 줄래!"라는 메시지라고도 볼 수 있겠다.

어떤 때는 다온이에게 같이 놀자고 하는데 다온이가 짜증을 내거

나 다온이가 장난감을 양보하지 않을 때도 무작정 달리기 시작한다. '나비처럼 날아 벌처럼 쏘겠다.'는 말처럼 다온이를 가운데 두고 미친 듯이 달리면서 다온이와 가족들의 정신을 쏙 빼놓는 모아. 다온이는 짖는 일이 거의 없는데, 모아의 '비숑 타임'에는 날뛰다시피 하는 모아를 향해 격렬하게 짖어 댄다. 도대체 무슨 짓을 하는 것이냐고 크게 나무라는 듯이 말이다.

그렇다고 해서 '비숑 타임'을 강제로 멈추게 하다가는 더 큰 '봉변'을 당할 수도 있다. 모아가 더 흥분하기 때문이다. 자주 겪는 일이지만 사실, 신기하고 지켜보는 재미도 있다.

# 맑은 눈의 광인

아이들이 모아의 눈을 보고는 다음과 같은 별명을 지어 주었다. 이름하여 '맑눈광(맑은 눈의 광인)'. 마치 일본 만화에서 나오는 캐릭터처럼 눈이 너무 예쁘기도 하지만, 종잡을 수 없는 성격 덕분에 '광인'이 되었다.

최근 모아가 제대로 사고를 쳤다! 가족들이 집을 비운 사이, 식탁 위에 있는 간식 봉지를 뜯어서 간식을 몽땅 해치웠다. 아들과 아내가 거의 같은 시각에 귀가했는데 처음에는 별일 없었다가, 갑자기 모아가 시꺼먼 철가루 같은 것을 토하는 것을 보고 동봉된 '산소흡수제'까지 먹은 것을 알아챘다. 간식과 함께 있었으니 간식 냄새가 나서 간식으로 생각했을 것이다. "식탁 의자가 저렇게 높은데 모아가 어떻게 올라갔지?" 가족 모두가 의아했다. 물론, 몸도 가볍고 발에 용수철이 달린 것처럼 탄력도 좋으니 충분히 점프 뛰어 올라갈 것 같기도 하다.

아들은 급하게 반려견이 산소흡수제를 먹으면 어떻게 되는지 인터넷에 검색했다. '산소흡수제'와 '강아지'가 연관검색어로 제일 앞

에 떴다고 하니, 반려인이 많이 겪는 문제인 듯하다. 아무렇지 않은 강아지들도 있지만, 산소흡수제에 독성 성분이 있으니 아무래도 병원에 가는 것이 좋다는 글이 많았다고 한다.

밤늦은 시각에 모아를 데리고 24시간 운영하는 응급동물병원에 갔다. 혈액검사 결과에는 이상 없었고 X-ray 판독 결과, 위에 철가루가 좀 남아 있었다. 위 세척까지 하고 수액도 맞았다. 3일 정도는 지켜봐야 한다는 말을 듣고, 밤늦게 집에 돌아왔다. 지칠 만도 한데, 모아는 여전히 생기발랄했다. 3일 치 약을 지어 왔을 뿐인데 총 진료비가 50만 원 가까이 나왔다. 몰래 간식을 먹은 대가가 혹독했다.

다음 날 아침, 모아는 활기차게 뛰어다니면서 밥도 잘 먹었다. '맑은 눈의 광견'은 이렇게 우리와 함께 살고 있다.

# 그래도 하룻강아지, 모아

2월 추위가 어느 정도 풀린 주말, 다온이와 모아랑 보라매공원의 반려견 놀이터에 갔다. 다온이는 여러 차례 경험이 있어 익숙한 곳이지만, 모아는 난생처음이었다. 양산 애견호텔의 첫 경험에서 '똥꼬발랄'했던 모아였으니, 반려견 놀이터에서도 문제없이 잘 놀 것이라 생각했다.

그러나 모아는 땅에 내려놓자마자 자기를 안아 달라고 매달렸다. 그래도 내려놓으면 안아 달라고 하고, 다시 내려놓으면 안아 달라고 하고… 아마 모아가 놀이터가 처음이니 겁을 조금 먹은 듯하다. 집에서는 무척 활기차고 다온이의 장난감을 자주 가로채는 모아였지만, 아직은 그래도 '하룻강아지'였던 것이다.

긴장해서 그런지 모아는 갑자기 '비숑 타임'을 선보이기 시작했다. 놀이터 전체를 두어 바퀴 재빠르게 달렸다. 그러다 우리 가족을 발견하고는 또 안아 달라고 매달렸다. 놀이터에 적응하려면 아직은 시간이 더 필요한 듯하다. 낯선 반려견 놀이터에 온 모아에게 그래도 나름의 경험이 있는 다온이가 조금은 의지가 될 줄 알았는데,

다온이는 그 누구에게도 관심이 없었다. 모아도 마찬가지.

이런 상황이라면 모아가 다온이 곁에서 다온이를 의지하며 조금씩 적응할 만도 한데, 다온이와 마찬가지로 모아 역시 다온이에게 의지할 생각은 추호도 없는 것 같았다. 평소 집에서는 다온이가 물고 있는 장난감을 빼앗아 가며 같이 놀자고 떼쓰던 모아였는데 말이다. 모아에게 제일 만만한 게 다온이지만, 이럴 때는 '각자도생'인가 보다.

1시간여 시간을 보내고 집으로 돌아갈 때쯤, 그래도 모아가 놀이터에 처음 입장할 때와는 달리 조금은 적응된 것 같았다. 무엇이든지 습득능력이 빠른 모아에게 반려견 놀이터는 처음이라 그렇지만 두 번째로 모아를 놀이터에 데려왔을 때는 오늘보다 훨씬 잘 적응하고 재미있게 뛰어놀 것이라 기대해 볼 만하다.

비록 '횃댓보 밑의 호랑이'였지만, 세상에 나온 지 다섯 달밖에 안 되었으니 충분히 이해할 수 있다. 아직은 '횃댓보 호랑이' 모아. 참 귀엽고 재미있는 녀석이다. 확실히 다음번이 기대된다.

# 모아의 첫 산행

모아가 반려견 놀이터에 처음 다녀온 뒤로 지난 주말, 다온이와 모아와 함께 관악산에 올랐다. '관악산 날다람쥐'답게 다온이는 아주 능숙하고 민첩하게 산에 올랐다. 첫 산행인 모아가 혹시 이상한 것이라도 주워 먹을까 봐 잔뜩 긴장하며 산행을 시작했다.

다온이의 빠른 걸음에 모아 역시 뒤처지지 않고 익숙한 듯 산행을 잘해 나갔다. 다온이보다 모아가 앞서가야 모아의 발걸음이 안정되는 듯했다. 산에 오르면서 다온이와 모아는 중간중간 내가 잘 따라오고 있는지 번갈아 가며 뒤를 돌아보았다. 대견했다. 뒤따르는 나를 확인하고 다시 빠른 걸음으로 산을 오르는 다온이와 모아를 보니 흐뭇하면서도 힘이 나는 것 같았다. 다온이는 물론이고 모아 역시 바윗길도 당차게 오르는 모습이 무척이나 귀여웠다.

이렇게 모아의 첫 번째 산행은 태극기가 꽂힌 정상까지 성공리에 마칠 수 있었다. 산행하는 동안 모아가 사람이나 다른 반려견들에게 짖지 않은 것도 신기한 일이었다. 모아가 조금씩 성장하고 있다는 느낌이 들었다.

# 다온이와 모아

다온이가 감정 표현을 적극적으로 하는 때가 두 번 있다. 한 번은 눈길을 산책할 때이고, 또 다른 한 번은 애견미용실에 갈 때다. 전자는 기쁨, 후자는 슬픔이라 할 수 있다.

나름의 정해진 길로만 다니던 다온이가 한겨울 눈길을 산책할 때는 제멋대로다. '일부러' 눈이 쌓여 있는 곳을 향해 뛰어가며 신나게 꼬리를 흔들며 눈에 몸을 부빈다. 차갑고 보들보들한 눈의 촉감이 무척 좋은가 보다.

반대로 다온이의 슬픔을 확인할 수 있는 순간은 바로 애견미용실에 갈 때다. 약 3개월에 한 번씩 애견미용실에 다온이를 보내는데, 3시간 남짓 시간이 걸려서 다온이를 미용실에 맡겨 두고 다시 찾으러 간다. 그때마다 쇼윈도 케이지에서 망부석처럼 앉아 슬픈 눈을 하고 있는 다온이를 발견하게 된다. 본인이 유기된 게 아닌가 하는 분위기여서 마음이 짠하다. 매번 가는 미용실인데도 불구하고, 다온이는 미용실에 혼자 남겨진다고 생각하는 것 같다.

그러다 우리 가족 중 하나가 미용실 안으로 들어가게 되면 밖에

서 볼 때는 알아보지 못하던 다온이는 우리를 냄새로 확인했는지, 그때부터는 '꼬리꼽터'로 날아갈 듯이 무척 반갑게 알은체한다. 확실히 개는 시각보다는 후각이 보다 예민함을 알 수 있는 대목이다.

3개월에 한 번씩 찾아오는 미용실 방문이 다온이에게는 엄청난 고난인가 보다. 미용하는 과정에서도 다온이는 몹시 불편한 내색을 한다고 한다.

그런데 모아는 이와 정반대였다. 4개월에 접어든 모아를 처음으로 다온이가 가던 미용실에 데려갔다. 생후 첫 번째 미용이니 낯설고 두려울 법한데, 미용원장에게 의외의 말을 들었다. 첫 미용이라고 하기에는 믿어지지 않을 정도로 모아의 태도가 매우 우수하고 '순둥순둥'했다는 것이다.

원래 다온이의 평소 품행(?)이 점잖고 순둥순둥한데, 이상하게 옷을 입히거나 신발을 신길 때 '크렁크렁' 대며 불만을 표현한다. 식성도 까다로운 편이고 신중하다. 반면, 모아는 매우 활기차고 좀 소란스럽다. 모아는 집에서도 걸어 다니기보다는 뛰어다니는 편이다. 본인 의사 표현도 매우 확실하다.

그러나 모아는 옷을 입히거나 신발을 신길 때는 무덤덤하며, 아무거나 아주 잘 먹는다. 채소나 과일도 모아 때문에 다온이가 따라 먹는 경우가 대부분이다. 성격과 기질이 극대비되는 다온이와 모아가 하루속히 친하게 지냈으면 좋겠다.

함께한 지 두 달이 지난 지금까지 모아가 놀자고 치근덕대면 다온이는 귀찮다는 듯이 쌀쌀맞게 거절하는 일이 계속되고 있다. 얼마가 지나야 다온이가 모아를 친절하게 받아들일까. 다온이와 모아가 함께 어울릴 날을 학수고대하고 있다.

# 시크한 다온이 & 똥꼬발랄 모아

설 연휴 지나고 경남 양산의 문재인 대통령 사저에 방문하게 되었다. 아무래도 차량으로 이동하는 것이 나을 것 같아 운전에 서투른 나 대신 운전에 능숙한 아내가 장거리 운전을 도맡게 되었다. 장시간 차에 있어야 하니 운전하는 아내도 나도 지칠 수밖에 없었는데, 다온이와 모아를 함께 데려가니 지루할 틈이 없이 즐거웠다.

다온이는 장시간 차에 탄 경험이 많아 크게 문제가 없었으나, 모아는 난생처음 최장거리, 최장시간 차량 이동을 하게 되었으니 약간 걱정되었다. 결국 모아는 멀미를 조금 했지만 워낙 생기가 넘쳐서 크게 문제 없이 함께 내려갈 수 있었다.

아무래도 양산 사저에 반려견 2마리를 데려가기에는 무리가 있어, 사저 근처 애견호텔에 잠시 다온이와 모아를 맡겨 두기로 했다. 다온이는 그래도 몇 번 경험이 있어 안심이었지만, 모아는 이번에도 난생처음이라 다소 걱정되었다.

문재인 대통령 내외분과의 만남을 끝내고 나와 아내는 서둘러 애견호텔로 향했다. 3시간 남짓 시간이 흘렀다. 다온이는 도도하고 까

칠하니 다른 강아지와 어울리지 않고 조용히 있을 것 같았다. 짐작대로 애견호텔에서 다온이는 얌전하게 한 자리에 잘 앉아 있었다.

다온이와 모아가 어땠는지 애견호텔 원장님에게 물었다. 모아는 어린 데다가 처음 겪는 애견호텔이니 걱정이었다고 말을 건넸으나, 원장님의 대답은 의외의 반전이었다. 다온이는 '시크'하게 가만히 앉아서 다른 강아지의 인사를 건성으로 받았고 길게 알은체하면 신경질을 부렸다고 했다.

그러나 모아는 아주 '똥꼬발랄'하게 다른 강아지와 잘 놀았다는 것이다. 다온이와 모아의 성격 그대로였던 것이다. 그렇게 모아의 첫 애견호텔 입소는 성공적으로 잘 끝냈으니, 우리는 즐겁게 집으로 돌아올 수 있었다.

목욕할 때도 이와 비슷하다. 다온이는 기본적으로 미용과 목욕을 좋아하진 않지만, 그래도 우리 가족이 씻길 때는 얌전하게 있는다. 이에 반해 모아는 수시로 몸의 물기를 털어내려고 안간힘을 쓴다. 그렇게 되면 물폭탄을 고스란히 우리가 맞게 되지만, 모아는 미꾸라지처럼 우리 손을 잘 빠져나와 힘껏 몸 털기를 하니, 모아의 똥꼬발랄한 생기를 온몸으로 느낄 수 있다.

# 위대한 여정

　다온이와 함께 우리 가족이 장시간 외출하고 집으로 돌아올 때가 가끔 있다. 그때마다 다온이는 강아지가 아닌, 침팬지로 돌변한다! 집을 비운 동안 집안에 별일이 없었는지 여기저기 뛰어다니며 일일이 확인해 보면서, 마침내 이상 없음을 '꾹꾹꾹, 끼끼끼' 소리를 내며 알리는 것이다. 오랜 시간 집을 비워 두었지만, 집안에는 아무 문제

없으니 이제 집에 들어와도 된다고 우리 가족에게 말하는 것 같다.

마치 다온이는 먼길을 무사히 다녀온 자기 자신과 가족들을 자랑스러워하는 듯하다. 이에 우리는 다온이가 '위대한 여정'을 마치고 왔구나 하고 말하며 침팬지 소리를 내는 다온이와 스킨십을 하며 흐뭇해하기도 한다.

새로운 장소에 가도 마찬가지다. 어쩌다 다온이와 함께 가족여행을 떠나거나 잠시 다른 곳으로 가면, 그곳에 도착하자마자 다온이는 새로운 곳에 도착한 어린아이처럼 신나서 어찌할 바를 모른다. 흥겹게 이곳저곳을 뛰어다니면서 문제가 없는지, 특이사항이 있는지를 점검하는 듯하다. 점검이 끝나면, 우리 가족에게 안심하고 들어와도 된다고 말하는 것 같다.

모아도 그런 다온이의 모습에 부화뇌동해서 '위대한 여정'을 따라 하니, 다온이와 모아와 함께 어딜 나갔다 오는 것이 사뭇 기대되기도 한다.

# 귀가 세리머니

귀가는 몇 년 전까지 평범했다. 다온이와 모아를 키우지 않았을 때의 이야기다. 지금은 어떻게 집에 조용히 들어왔는지 기억도 잘 나지 않는다. 다온이와 모아가 우리 가족이 된 이후, 현관부터 시작된 다온이와 모아의 '귀가 세리머니'는 거의 환영식에 가깝다. 다온이 혼자 키울 때는 그렇게 요란스럽지 않았는데 모아가 집에 들어온 이후, 요란스럽기 그지없다.

모아가 우리 가슴까지 뛰어오르고 사방팔방 뛰어다니면서 '꼬리꼽터'로 날아갈 듯하니, 다온이도 모아를 점점 닮아 가게 되었다. 그 점잖던 다온이도 모아와 같이 귀가 세리머니를 하게 된 것이다. 어쨌든 우리 가족 한 사람 한 사람을 모두 반기니, 들어올 때마다 환히 웃게 되는 것도 사실이다.

한편으로는 모아의 짖음으로 혹시라도 다른 집에 누가 될까 봐 현관문을 초속으로 닫는 습관까지 생겼다. 현관 중문으로 방음이 잘 되어서 이웃에 크게 피해 주지 않고 있는 것이 그나마 다행스럽다. 거의 짖음이 없던 다온이까지도 부화뇌동하여 함께 짖어 대니

곤혹스럽기까지 하다.

 이렇게 귀가 세리머니가 점점 과해지면서 감당하기 어려울 지경에 다다르고 있다. 웃어야 할지 울어야 할지 모르겠다.

 집에 돌아온 가족이 소파나 의자 등의 자리에 앉으면 모아는 우리 가족 무릎께에 '꾹꾹이'를 선보이며 다온이와 함께 가족 주변을 신나게 맴돈다. 가족에게 묻은 바깥 냄새에 자신의 냄새를 덧씌우는 것 같다. 우리가 확실히 자신의 가족임을, 자신도 가족임을 증명하는 다온이와 모아.

 오늘 귀가도 살짝 걱정되긴 하다. 그래도 흥겹게 반겨 주는 가족이 있어 오늘 하루도 잘 마무리할 수 있을 것 같다.

# 종합 반려인이 되어 간다

　서로 비교하는 것은 그다지 바람직하지 않지만, 다온이와 모아는 참으로 다르다. 견종은 다르지만 겉모습은 정말 누가 봐도 같은 견종에 쌍둥이 같은데 어떻게 이렇게 다른지⋯ 그저 신기할 따름이다.

　기본적으로 다온이는 '엄근진'이고 모아는 야무지고 발랄하다. 산책만 나가도 확연하게 알 수 있다. 다온이는 유유자적하게 산책하지만, 모아는 코에 땅을 박고 불도저식으로 종종걸음으로 치고 나간다. 다온이가 '2분음표'라면, 모아는 '16분음표'쯤은 될 것이다. 다온이는 마주 오는 사람이나 다른 강아지를 향해 짖지 않지만, 모아는 사람이나 강아지가 자신을 알은체할 때마다 정신없이 짖어 댄다. 아마도 겁먹어서 그런 듯하다.

　모아를 입양하기 전에는 다온이와 산책할 때, 마구 짖는 강아지들을 보며 견주가 얼마나 힘들까 하며 남 이야기하듯 웃어넘겼는데, 그 견주가 내가 될 줄은 꿈에도 몰랐다. 이제 그들의 심정을 십분 이해하게 되었다. 물론 최근에는 '댕댕이 산책 훈련 프로그램'을

섭렵⁽⁷⁾하며 나름의 방법들을 실습시켜 가며 모아가 점차 나아지고 있지만, 앞으로도 꽤 쉽지 않은 산책 시간을 보내야 할 것 같다.

모아를 보니, 다온이는 거저 키운 것이나 진배없었다. 다온이는 차분한 성격으로 우리를 곤란하게 하거나 문제를 일으키지 않는다. 그러나 모아는 다온이와 완전 정반대의 성격을 보여 주고 있어, 다온이가 얼마나 '모범생'이었는지를 새삼 알게 되었다. 모아가 산소흡수제를 먹은 사건이 모아가 다온이와 얼마나 다른지를 아주 단적으로 보여 준 사례다.

다온이는 '개냥이'의 성격을 가지고 있어 우리 가족의 무릎에 앉지도 않는다. 고양이처럼 그저 우리의 다리나 몸 근처에 자신의 몸을 밀착시킬 뿐이다. 그러나 모아는 '이리 와' 하면 무조건 달려온다. 무릎 높이까지 뛰어오르면서 우리에게 안긴다. 애교가 철철 넘친다. 물론 다온이도 가뭄에 콩나듯 애교가 하나 있긴 하다. 다온이를 안고 눈을 맞추고 있으면, 곧 다온이가 뽀뽀 세례를 한다. 그것이 다온이 애교의 전부다.

장난감을 가져올 때도 그렇다. 다온이는 소리 나는 장난감도 소리 나지 않게 가져오는 재주가 있다. 그러나 모아는 자신의 발걸음 소리에 맞춰 '삑삑' 소리를 내며 장난감을 가져온다. 어쩌면 저렇게 소리내면서 장난감을 가져올 수 있냐고 가족들은 웃으며 말한다.

특히나 요즘에는 집에 들어갈 때가 걱정이다. 모아의 '귀가 세리머니'가 너무 격렬하기 때문이다. 옆집에 모아 짖는 소리가 새어나갈까 봐 집에 들어갈 때마다 현관문과 중문을 재빨리 닫느라 정신이 없다.

좋을 때도 짖고 반가울 때도 짖고 화날 때도 겁날 때도 사정없이 짖는 모아와 조용한 차도남 다온이.

정반대의 성격을 가진 다온이와 모아를 키우면서 나를 비롯해 가족은 '종합 반려인'이 되어 가고 있다. 일반 반려인이 겪는 일들을 총체적으로 경험하면서 우리 역시 훈련받고 있는 듯하니, 이제는 어떤 견종을 마주해도 당황하지 않을 것 같다.

3부

강아지숲

# 신세계

TV 프로나 영상물을 통해 알음알음 반려견 양육법을 하나둘씩 터득했다. 반려견 등록부터 시작해 예방접종이나 애견 미용 등 생각보다 신경쓸 일이 많았다. 반려견 사료와 간식도 잘 따져 봐야 했고, 다온이, 모아와 산책 나갈 때 챙겨야 할 품목도 점차 늘어갔다. 반려견을 입양하지 않았다면 평생 고민할 필요 없는 일들이었다.

2019년 10월 자라섬에서 개최된 〈댕댕이페스티벌〉에 간 적이 있다. 훈련사 강형욱 씨, 요리연구가 이혜정 씨 등의 팬사인회와 함께 다채로운 행사가 열렸다. 특히 '댕페어'와 반려용품 벼룩시장인 '댕댕장'이 매우 이채로웠다. 비반려인에게는 상상조차 힘든 그런 '신세계'가 있다는 것을, 반려견 다온이를 통해 알게 된 것이다. 말 그대로 아는 만큼 보이는 것이다.

그런데 여기서 신기한 것은, 기존의 사람들만 모이던 행사 혹은 페스티벌과 다르게 특별한 '유대감'을 느낄 수 있었다는 점이다. 모르는 사람과 눈인사조차 하기 힘든 이 시대에서, 반려동물의 안부를 물으며 반려동물을 매개로 서로 허물없이 대화를 자연스럽게 나눌 수 있었다. 반려동물이라는 공통된 관심사가 있으니 보다 쉽게 마음을 열 수 있었던 것이다.

최근에는 반려동물의 특별한 사연이나 심각한 문제점을 해결해가는 각종 TV 프로와 영상물 등을 통해 '반려(伴 짝 반, 侶 짝 려, 짝이 되는 동무)'의 개념이 동물에까지 점차 확대되고 있다. 그동안 우리 인간은 우리의 동반자를 인간으로만 생각해 왔다. 인간이 아닌 다른 피조물은 하등한 '것'으로 취급했기 때문이다. 그러나 최근 반려동물에 대한 인식이 바뀌고 있다. 우월함을 내려놓고 우리 인간 역시 다른 동물과 크게 다르지 않으며, 다른 동물들과 공존해야 함을 깨달았기 때문일 것이다.

내가 반려견을 통해 알게 된 신세계는 그러니까, 신기하고 흥미로운 별세계가 아니라, 우리 인간과 동물이 함께 살아가는 새로운 세상이 아닐까 한다. 반려동물이라는 공통의 매개를 통해 생명의 소중함을 새롭게 느끼며, 더 많이 공감하고 더 넓게 교감하는 세상은 인간만의 세상과는 비교할 수 없이 넓고 깊다는 것을 깨닫게 한다.

# 나쁜 개는 만들어진다

최근 '개통령' 강형욱 훈련사 덕분에 반려동물에 대한 인식의 대전환이 일어난 것은 누구나 다 아는 사실이다. 올바른 반려문화가 확산하였고 펫티켓의 중요성이 그 어느 때보다 강조되었다. 물론 강형욱 훈련사 말고도 현재의 반려문화를 정착시킨 '개훌륭한' TV 프로나 사람도 셀 수 없이 많다.

나는 예전부터 EBS 프로 〈세상에 나쁜 개는 없다〉(2015)를 즐겨 봤고 그 이전에는 내셔널 지오그래픽의 〈도그 위스퍼러(Dog Whisperer)〉(2004년 9월부터 방영)를 눈여겨봤다. 여기서 멕시코 출신 개 심리치료사 시저 밀란(Cesar Millan)은 심각한 문제가 있거나 공격적인 개들의 심리상태를 꿰뚫고 행동을 교정하는 일을 곧잘 해냈다. 마치 강형욱 훈련사처럼 말이다.

시저 밀란과 강형욱 훈련사가 TV 프로에서 이른바 '문제견'을 조련시키는 방법은 조금씩 다르지만, 반려동물 관련 TV 프로나 영상물을 보면 한 가지 공통점을 발견할 수 있다. 바로 문제견의 문제는 주인이라는 것!

EBS 프로의 제목처럼 '세상에 나쁜 개는 없다'를 뒤집어 얘기하면 '세상에 모든 개는 착하다'. 그러나 주인이 개를 나쁘게 만든다. 반려견을 대하는 주인의 나쁜 태도나 나쁜 습관을 따라 반려견 역시 나쁜 태도와 습관을 갖게 된다. 그러니 시저 밀란과 강형욱이 문제견을 관찰할 때 제일 먼저 확인하는 것이 바로 반려견의 주인이다. 주인이 미처 스스로 인지하지 못한 행동을 조금만 바꾸기만 해도 반려견은 확연히 달라진다. 이것을 방송에서는 '솔루션(solution)'이라고 부른다.

물론 천성적으로 혹은 입양 전의 여러 이유로 문제를 가진 반려견도 없지 않다. 그러나 그것을 교정하거나 치유하는 것도 주인의 몫이다. '엄부자모(嚴父慈母)'라는 말이 있다. 요즘 젠더 감수성에는 조금 뒤떨어진 말이지만, 부모는 때로는 엄격하게 때로는 자애롭게 자녀를 보살펴야 한다는 것은 맞는 말이다. 반려동물도 마찬가지다.

단호하게 '안 돼'라는 말이 필요할 상황이 있고, '잘했어' 하고 쓰다듬어 줄 상황이 따로 있다. 그런데 유심히 살펴보면 나무람보다는 칭찬이 대부분 교정의 방식이라는 것을 알게 된다. '칭찬은 고래도 춤추게 한다.'고 했는데 칭찬은 고래뿐 아니라 반려견의 나쁜 습관도 고치게 하는 것이다.

말 못하는 반려동물이 자녀보다 더 세심하게 보살펴야 할 때도 있다. 유난스럽다고 혹은 극성스럽다고 비반려인이 말할 수도 있겠지만, 각자 삶의 방식이 있으니 존중하는 것이 더 나아 보인다. 그러나 문제견의 견주는 존중받기 쉽지 않다.

"우리 개가 갑자기 왜 이러지? 평소에는 안 그래요!" 하고 변명하는 것은 이제 통하지 않는 시대가 왔다. '반려인구 1,500만 시대'에 우리는 반려동물에게도 예의를 요구하게 되었다. 인간과 동물이 공존해야 하기 때문이다.

'세나개(세상에 나쁜 개는 없다)'. 그러니 세상의 모든 개는 착하다. 그러나 나쁜 개는 만들어진다. 주인이 개를 나쁘게 만드는 것이다. 개를 통해 주인이 어떤 사람인지 알 수 있는 세상이 왔다. 다온이를 통해 내가 누구인지 다시 한 번 확인해 봐야겠다.

# 가족이 아프다

　반려인은 알 것이다. 반려동물이 아프면 가족이 아픈 것과 동일하다. 말을 할 수 없으니 어디가 아픈지 알 수 없어 더 답답하고 속상하다. 어린 자식이 아플 때 답답하고 심히 걱정되었던 상황과 크게 다르지 않다.

　예전에 다온이가 이유 없이 5일 가까이 밥을 안 먹은 적이 있다. 다온이가 설사를 해서 아내는 다온이를 안고 바로 동물병원으로 갔다. 진료도 받고 처방도 받았지만, 3일이 지나도록 차도가 없었다. 결국 4일째 되는 날 나는 아내와 함께 동물병원 의사에게 면담을 요청했다. 그동안 치료를 받았는데 다온이가 전혀 나아진 게 없으니 정확히 병명이 무엇인지 확실하게 말해 달라고 말이다.

　그런데 의사는 똑 부러지게 병명이나 원인을 말해 주지 못하고 얼버무리기만 했다. 답답한 나는 차라리 시설이 좀 더 갖춰진 상급 병원을 소개해 달라고 말했다. 사람으로 치자면 종합병원 격의 병원 말이다. 검색해 보니, 집에서 가까운 순서로 눈길이 가는 종합병원 격의 큰 병원이 세 군데 정도 있었는데, 마침 그 의사가 그중 한

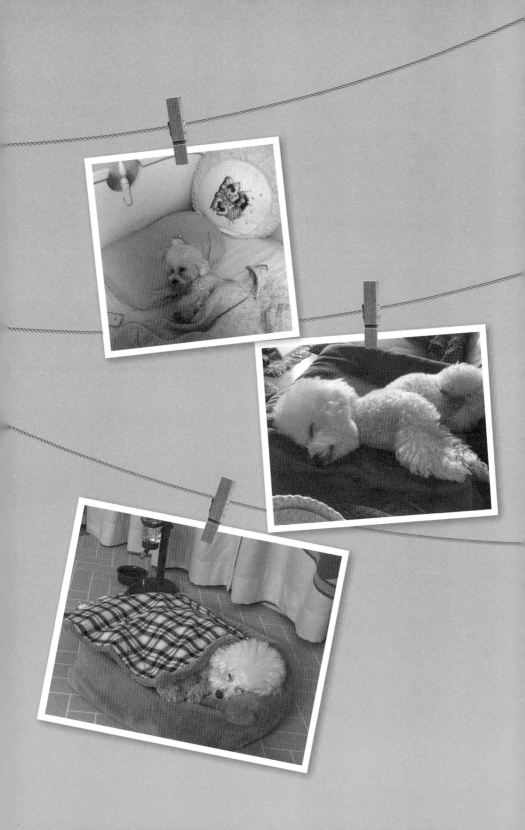

병원을 소개해 주어 바로 그 병원에 다온이를 데려갔다. 종합검진까지 했지만 특별한 병명이 나오진 않았다. 그러나 닷새째부터는 밥을 먹기 시작했다. 정말 다행이었다.

반려동물 관련하여 동물병원에 오가는 것을 보고, 사람이 아픈 것도 아닌데 너무 극성맞은 것 아니냐 하고 힐난하는 사람들도 분명 있다. 반려동물 관련한 문제에 목소리를 높이면 사람 먹고살기도 힘든데 굳이 그렇게까지 할 필요가 있느냐 하며 비난하는 사람들도 많이 보았다. 그러나 반려인에게 반려동물은 가족이나 마찬가지다. 그러면 동물이 어떻게 가족이냐고 물을 수 있겠지만, 이제 사람과 동물을 구별하는 것은 의미가 없다. 사람과 동물 간의 차이를 두는 것이 더 문제다.

최근에는 '반려식물'이라는 말까지 한다. 반려동물을 통해 생명이 있는 모든 생명체에 대한 존중이 확장되는 것은 반려동물이 인간과 지구에 미치는 또 다른 긍정의 힘일 것이다. 모든 생명체가 공존하는 시대로 빠르게 바뀌고 있는 것은 인간사회의 본질인 휴머니즘을 되살리는 일이기도 하다.

가족 중 한 '명'이 아프면 만사를 제쳐두고 가족의 건강을 보살피게 된다. 반려인에게도 마찬가지다. 가족 중 한 '마리'가 아프면 만사를 제쳐두게 된다. 가족이기 때문이다.

# 수입보다 신뢰

올해 1월 5일부터 동물병원은 진료비용을 병원 내부나 홈페이지에 미리 게시해야 한다. 농림축산식품부 주도의 '동물병원 진료비 공시제'가 시작된 것이다. 이제 진료비를 게시하지 않은 동물병원에는 시정명령이 내려지고, 이를 이행하지 않으면 과태료를 내야 한다. 반려인의 알 권리 강화와 더불어 합당한 기준 없이 높은 진료비를 받는 폐단을 바로잡기 위함이다. 같은 진료와 수술임에도 불구하고 동물병원마다 비용이 천차만별이며, 적정한 기준 없이 폭리를 취하는 동물병원도 종종 기사화되기도 한다.

동물병원 진료비 공시제에 따라 이제부터 동물병원들은 적정한 '표준수가'를 맞추고 이에 따른 수가 가이드라인이 주어지기를 기대해 본다. 이에 따라 '펫보험' 역시 합리적인 수준으로 책정되고 활성화되는 효과도 기대할 수 있을 것이다. 표준수가가 없으면 보험이 형성되기 어렵기 때문이다.

물론 이에 따른 반발도 만만치 않다. 수의업계에서는 진료비 공시제에 앞서 진료 항목 표준화가 선행되어야 한다는 입장을 견지

하고 있다.

그러나 정말 가장 큰 아이러니는 수의사법에 따라 표준수가를 결정하는 것 자체가 담합행위로 법 위반 사항이 된다는 점이다. 결국 동물 진료비가 국가가 관리해야 하는 공공재에 해당하는가에 대한 논쟁으로 이어질 수밖에 없다. 법 개정이 필요하니, 아마 쉽지 않을 것이다. 그러나 미룰 일도 아니다.

분명, 수의사는 의사보다도 동물에 대한 애정이 더 높을 것이다. 의사는 수입이 높고 명예 또한 주어지니 힘들어도 의사라는 직업을 유지하는데 메리트가 있겠지만, 수의사는 사정이 조금 다를 것이라 생각한다. 수의사는 동물에 대한 사랑과 관심에서 출발하여 동물을 진료하는 수의사라는 직업에까지 이른 사람이 대부분 아닐까 하고 추론하기 쉬울 것 같다.

그래서 나를 비롯해 반려인 대부분은 수의사를 보다 신뢰할 수밖에 없다. 자신들과 같이 동물을 무척 사랑하는 사람이니까 말이다. 이러한 신뢰를 보다 높이기 위해서, 그리고 반려인의 경제적 부담을 줄이기 위해 보험이 활성화되도록 동물병원 진료 표준수가가 하루 속히 책정되기를 기대해 본다.

반려인들은 생명을 존중하는 동시에 동물과 사람을 구별하지 않으며 서로 신뢰하는 일에 망설이지 않는다. 비반려인들도 점점 그렇게 변하게 될 것이다. 시대가, 시대정신이 그렇게 변하고 있다.

# 강아지숲

코로나19 감염증이 한창이던 어느 여름날이었다. 휴일날 다온이와 산책을 해 보자는 생각으로 인터넷 검색을 해 보니, 강원도에 위치한 '강아지숲'이라는 곳이 눈에 들어왔다. 최문순 강원도지사가 '친반려견지사'라는 것을 알고 있었지만, '강아지숲'이라는 반려견 종합공간까지 조성한 줄은 몰랐었다.

'강아지숲'은 '반려견 테마파크'라 할 수 있는데, 반려견이 실컷 뛰놀 수 있고 사람과 반려견이 편안하게 어울릴 수 있는 종합공간이었다. 목줄을 풀고 뛰어다닐 수 있는 운동장, 가족끼리 혹은 친구끼리 돗자리를 깔고 반려견과 함께 도란도란 이야기를 나누는 잔디마당, 반려견과 함께 숲길을 거닐 수 있는 산책로까지, 그야말로 반려견의 유토피아가 아닐까 싶다. 사람과 개가 함께 공존해 온 역사에 관해 설명해 주는 공간도 인상적이었다.

아파트 실내에서 집 근처 공원이나 뒷산 정도까지만 산책하는 반려견과 반려인에게, 녹음 짙은 곳에서 실컷 뛰어놀 수 있는 휴식과 힐링을 제공하는 '강아지숲'. 코로나로 인해 인파가 북적이지는 않

았지만 반려인과 반려견에게는 체험해 볼 만한 가치가 있는 훌륭한 곳이었다. 사실상 국내 최초의 '반려견 테마파크'라고 할 수 있을 것 같은데, 앞으로도 이와 같은 공간이 많아졌으면 좋겠다.

# 반려동물과 함께하는 여행

    반려인구 1,500만 명 시대라고 하지만 반려인과 반려동물을 배려하는 시설과 문화는 여전히 미비하고 절대적으로 부족하다. 특히 반려동물과 여행이라도 하려면 숙소가 가장 큰 난제다. '애견펜션'이 많이 늘어나고 있긴 하지만 콘도<sup>(리조트)</sup>나 호텔 등 대형 숙박시설에는 반려동물 동반이 불가능한 경우가 대부분이다.

    최근에 대형 콘도나 호텔 등에서 극히 제한적으로 반려동물 동반 룸<sup>(room)</sup>을 마련하기 시작하고 있는데, 전체 시설에서 고작 2~5실의 룸만 가능해서 구색만 갖췄다고 보는 것이 정확한 표현일 것 같다. 반려동물 동반 룸을 이용하려면 아주 일찌감치 예약을 서두르지 않으면 큰 낭패를 당하는 것이 현실이다.

    그런데 내가 알기에 딱 한 군데 예외인 곳이 하나 있다. 바로 홍천 '소노펫<sup>(Sono Pet)</sup>'이다. 홍천 소노벨 비발디파크에서 운영하는 반려동물 동반 시설인데, 건물 한 동 전체를 반려동물 동반 시설로 운영하고 있다. 반려견들이 미끄러지지 않는 시공재로 건물 바닥을 마감하였고, 반려견을 위한 여러 서비스도 제공되고 있다. 건물 앞

잔디광장은 반려견들의 놀이터로 활용되고 있고 반려견 동반 바비큐 시설도 별도로 마련되어 있다. 한국 콘도(리조트) 문화 수준으로는 아주 혁신적인 운영이 아닐까 한다.

　아마도 이러한 곳이 반려인들이 마음 편하게 반려동물과 여행을 즐길 수 있는 공간이 아닌가 생각된다. 그렇다고 해서 홍천만 다닐 수는 없는 노릇이니, 이런 반려동물 친화적인 공간과 혁신적인 사고가 다른 지역의 콘도에도 널리 보급되기를 기대해 본다.

# '유기견 체크인'

　tvN에서 6부작으로 방영했던 효리 씨의 〈캐나다 체크인〉을 최근
에 보게 되었다. 가수이자 방송인 효리 씨가 '개념 연예인'으로 널리
알려 있는 것만큼 반려동물 사랑과 유기견 봉사활동 역시 많이 한
다는 것도 잘 알려져 있다. 프로그램은 효리 씨가 유기견 봉사활동
을 하면서 본인과 지인들이 구조했거나 임시 보호 등을 통해 해외
로 입양되었던 유기견들을 만나러 직접 캐나다로 가는 내용이다.

　영아(嬰兒)들을 해외로 많이 입양 보냈던 시절과 그에 대한 사회적
성찰과 논란이 있었던 것과 마찬가지로, 유기된 반려동물 중 상당
수를 해외로 입양 보내고 있는 현실은 참으로 씁쓸했다. 그러나 입
양이 아니었다면 유기견이 안락사를 맞이할 상황이니, 한편으로는
다행스럽기도 했다. 모순적이게도, 씁쓸함과 다행스러움이 동시에
들었다.

　오랜 시간 떨어져 있었음에도 효리 씨와 임시 보호자를 알아보는
반려견의 반응은 놀라움을 넘어 감동적이었다. 회차마다 효리 씨
가 임시 보호했던 반려견과 만나며 눈물겨운 재회를 나누는데, '본

방 사수 준비물 : 휴지'라는 방송 카피처럼 반려인이든 비반려인이든 눈물 없이 보기 힘든 감동적인 장면들이었다. 심지어 우리 가족은 프로가 너무 눈물나게 한다고 시청을 거부할 정도였다.

특히, 마지막 회차에서 토미와 재회하는 장면은 인상 깊었다. 토미는 곧바로 효리 씨를 알아보았고, 효리 씨 역시 눈물을 펑펑 쏟으며 토미에게 인사했다. 토미의 견주가 효리 씨에게 토미와 산책할 것을 권해서 토미와 산책길을 떠났지만, 얼마 지나지 않아 토미가 다시 견주에게 돌아가는 것을 보고 가슴이 뭉클해졌다.

이 장면을 지켜 본 효리 씨의 남편 이상순 씨는 "다행이다. 저렇게 해야지. 안심이 된다."는 말을 했듯이 토미는 캐나다의 새로운 견주와 아주 행복하고 만족스러운 생활을 하고 있는 것이 분명해 보였다.

반려견을 유기하는 사람, 유기된 동물을 구조하는 사람, 보호해 주는 사람, 이역만리에서 새로운 인연을 만들고 평생 반려자가 되어 주는 사람 등등, 사람은 참으로 여러 종류가 있다. 그러나 강아지는 일편단심 사람과 함께하고 싶어 한다.

'동물에 진심인' 효리 씨 덕분에 유기견 문제의 심각함 그리고 반려견으로 인한 행복감이 더 멀리 전파될 수 있어 참 다행이라는 생각이 든다. 내가 '개념 연애인' 효리 씨의 팬인 이유이기도 하다.

# 강아지 꼬순내와 하트

반려견을 키우는 반려인이 좋아하는 냄새가 하나 있다. 바로 강아지 발 냄새. 이른바 '강아지 꼬순내'로 불리는 이 냄새를 두고 반려인들 사이에서는 콘칩 냄새 혹은 팝콘 냄새 등으로 빗대기도 한다.

어쨌든 반려인들이 좋아하는 냄새인데, 이 냄새의 원인은 다름 아닌 '프로테우스'와 '슈도모나스'라는 박테리아로 인한 냄새라고 한다. 물론 이 두 박테리아는 강아지의 건강을 해치거나 감염을 일으키지는 않는다. '개 발에 땀나게 뛴다.'는 말처럼 땀샘이 거의 없는 개에게 몇 안 되는 땀샘 중 하나가 발에 있다고 한다. 이 땀으로 인해 습기가 많은 데다가 땅과 직접 닿는 신체 부위니 박테리아가 증식하기 안성맞춤인 것이다. 원인이 어찌되었든 반려인들이 '힐링'할 때 중 하나가 이 꼬순내를 맡는 것이니, 비반려인은 상상도 못할 것이나 한번 맡아 보면 곧 중독될 것이다.

더욱이 강아지 발을 유심히 보면, '하트'가 새겨져 있음을 알 수 있다. 강아지 발자국을 하트로 보여 주는 이미지들을 웹상에서 손

쉽게 찾아볼 수 있다. 그만큼 인간에게 사랑스러운, 인간을 사랑하는 동물이 바로 강아지다.

인간과 최대한 가까워질 수 있도록 꼬순내와 하트 발을 지닌 동물. 일부러 그렇게 진화한 것인지도 모르겠으니, 강아지를 어찌 사랑하지 않을 수 있겠는가.

# '동경이'라는 새로운 토종개

　우리는 일반적으로 한국의 토종개라고 하면 진돗개, 풍산개, 삽살개를 꼽는다. 그러다 최근 '동경이'라는 토종개가 있음을 알게 되었다.

　동경이는 경북 경주시 일대에서 길러 오던 우리나라 토종개인데, 2010년 한국애견협회로부터 진돗개, 풍산개, 삽살개에 이어 한국견 제4호로 등록인증을 받았고, 2012년에 천연기념물로 지정되었다.

　동경이라는 이름은 고려시대 중요 도시 삼경 중 경주의 옛 지명인 '동경(東京)'에서 비롯된 말인데, 동경이는 꼬리가 아주 짧다. 마치 꼬리가 없는 것처럼 보인다. 그래서 사람들이 동경이가 장애를 가진 개인 줄 알고 동경이를 천시했다고 한다.

　특히, 경주 동경이는 문헌상 전해지는 가장 오래된 한국의 개로, 「삼국사기」, 「삼국유사」 등에 "노루를 닮은 개" 또는 "동경구(狗)"라는 이름으로 등장한다. 이에 경주시는 '동경이보존협회'를 조직하여 동경이의 혈통을 잘 관리하면서 2018년부터는 타 지역에 분양을 시작했다고 한다.

토종개 경주 '동경이'_뉴스1

동경이는 진돗개와 비슷하게 생겼지만 꼬리가 거의 없고 진돗개보다 작지만 온순한 성격을 갖고 있다고 한다. 그러나 동경이 역시 진돗개와 같이 사냥개의 특성을 갖고 있어 다른 동물이나 개들에게만은 몹시 사납다고 한다. 온순하지만 주인에게는 충직하다고 하니 동경개 또한 우리 한반도의 토종개 공통 DNA가 있는 것은 확실한 것 같다.

그러나 사람과는 금세 친해진다고 하니, 아직 동경이를 직접 본 적은 없지만 조만간 꼭 가까이서 동경이를 보고 싶다. 경주에 가 본 지도 오래되었으니 동경이를 볼 겸해서 조만간 경주에 한 번 다녀와야겠다.

# 개도 웃는다

일반적으로 우리는 동물과 다르게 인간만 표정이 있는 것으로 생각한다. 물론 동물도 다양한 표정이 있지만, 표정의 가짓수가 무척적을 뿐더러, 우리는 그들의 표정이 감정을 충분히 반영한 것으로 생각하지'는' 않는다. 동물은 기쁨과 슬픔 혹은 좋음과 싫음 사이의 진폭만 있을 것이라고 생각하는 우리에게, 반려견의 표정은 이러한 우리의 생각이 선입견이었음을 깨닫게 한다.

반려견의 일반적인 표정에서는 당연히 감정을 읽기가 어렵다. 그러나 인간과 교감하는, 인간과 함께하는 반려견의 표정을 보라. 눈썹, 눈동자, 코, 입술, 귀 등 얼굴의 모든 기관과 신체의 움직임을 세심하게 보면 반려견이 어떤 감정을 갖고 있는지 알 수 있다.

여기에 꼬리의 움직임과 함께 심지어 낑낑대는 소리에서도 어떤 감정인지 추측할 수 있다. 간절히 바라거나, 화가 나거나, 불안하거나, 겁먹거나, 웃거나, 한없이 애정을 보내는 중이거나, 슬프거나, 기분이 좋거나, 들뜨거나 등 인간의 감정처럼 반려견 역시 감정을 갖고 있다.

사람이 눈을 통해서 많은 감정을 전달하듯이 개들도 눈동자를 통해 많은 감정을 전달할 줄 알고 있다. 또한 인간 곁에 있으니 오랜 시간 인간과의 교감 능력이 진화해 왔을 수도 있다. 특히 개들 가운데서도 간절한 눈빛과 애절한 소리를 내는 개들이 사람들에게 더 많이 선택받아 온 결과라는 주장도 있다.

반려견이 인간의 감정을 배우고 있는 것 같다는 느낌이 들 때가 있다. 그래서 반려견이 아주 오래전부터 인간과 제일 가까운 반려동물이 될 수 있지 않았을까. 이제는 반려견의 감정이 인간에게도 전이되는 것 같다. 인간에게 반려견이 의지가 되고 위로가 되는 이유이기도 할 것이다.

# '퍼스트 도그' 토리

 2017년 문재인 대통령이 대선후보 때였다. 당시에 나는 전략기획위원장으로 당정책위와 캠프 정책본부 사이의 일일 정책 조율도 책임지고 있던 때였다. 안철수 후보와 지지도가 엎치락뒤치락하던 시기의 토요일. 언론 보도가 없는 토요일 일정이어서 여러 궁리 끝에, 하늘공원 유기동물센터에 가는 것으로 선거운동 일정을 잡았다. 민주당 의원들 사이에서는 지지도가 치열한 경합을 이루는 상황에서 너무 한가한 일정이라는 비판이 많았지만, 문재인 후보는 아랑곳하지 않고 유기동물센터에 방문했다.

 그곳에는 마침 학대를 받고 구조된 검은 개(믹스견) 토리가 있었다. 그러나 토리는 검은 개를 싫어하는 '블랙독(black dog)증후군' 때문에 오랫동안 입양이 되지 않았던 개였다. 대체로 한국에서는 순종견이나 당시 유행하는 견종을 선호하며 특히 흰색과 같은 밝은색의 털을 가진 견종을 좋아하기 때문에, 검은 털을 가진 믹스견 토리는 그야말로 최악의 입양 조건을 가진 강아지였던 것 같다.

 그런데 남성으로부터 학대를 오랫동안 받아서인지 남성을 무척

사진_뉴스1

이나 싫어하고 기피했던 토리가, 신기하게도 문재인 후보 품 안에서는 얌전했다. 아무래도 반려견 '마루'를 이전부터 키워 왔기 때문에 익숙한 손길과 체취에 토리가 안심한 듯했다.

여기서 문재인 후보는 당선이 된다면 토리를 '퍼스트 도그(first dog)'로 청와대로 입양한다는 약속을 하였다. '퍼스토 도그'는 대통령 가족과 함께 사는 반려견으로 언론의 조명을 받으며 한 나라의 상징적인 동물이 되는 것이다. 한국 최초로 유기견이 퍼스트 도그가 될 수 있다는 점에서 토요일임에도 불구하고 SNS나 인터넷 기사에 토리와 후보의 사진이 도배되었다.

이에 다른 대선 후보들도 부랴부랴 유기견센터 등을 찾아 유기견과 함께 사진을 찍었지만, 안타깝게도 어색한 풍경만 연출되었다. 유기견과 함께한 안철수 후보, 황교안 총리의 사진을 통해 특정 분위기나 인성이 기사화되기도 했다. 이 같은 비교 사진은 며칠 동안 인터넷과 SNS상에서 지속적으로 화제가 되었고, 비판 속에 진행되었던 유기견센터 방문은 예상을 뛰어넘는 큰 호응을 받게 되었다.

문재인 후보의 퍼스트 도그 약속은 '사지 말고 입양하세요'라는 캠페인으로 이어지기도 했다. 유기견 입양에 대한 인식 변화가 시작된 것이다. 그동안 외면당했던 작은 개 한 마리가, 유기견에 대한 인식을 완전히 바꿔 버리는데 나름의 큰 역할을 한 것이다. 결과적으로 당내 비판 속에 진행되었던 유기동물센터 방문은 예상보다 훨씬 좋은 성과를 거두게 되었다.

# 'K-반려동물 훈련'

나는 예전부터 내셔널 지오그래픽에서 방영한 〈도그 위스퍼러(Dog Whisperer)〉, 〈닥터 폴의 동물병원(The Incredible Dr. Pol)〉 등의 외국 프로와 더불어 〈세상에 나쁜 개는 없다〉, 〈동물농장〉 등의 프로를 즐겨 봤다. 최근에는 〈동물극장 단짝〉, 〈고독한 훈련사〉 등의 프로도 즐겨 보는 편인데, 이 프로들은 각각의 서로 다른 특성을 보여 주고 있다.

외국의 프로들은 대체로 반려동물의 건강 문제를 치료해 주거나 훈련하는 내용이 많고, 한국의 프로들은 대체로 반려동물의 문제 행동 또는 특이 행동을 교정하거나 유기된 상태에서 구출하는 내용이 많다.

이 가운데 나는 강형욱 훈련사를 비롯한 이찬종 훈련사, 설채현 수의사 등 '동물 행동 교정 트레이너'들의 맹활약을 눈여겨보고 있는데, 이들의 솔루션은 가히 감탄을 자아내게 한다. 강형욱 훈련사야 말할 것도 없이 독보적으로 한국의 반려동물 문화 패러다임을 바꿔 놓았고, 뒤이어 설채현 수의사와 이찬종 훈련사 역시 반려동물의 문제들을 구수하면서도 속 시원하게 해결해 주고 있다.

이들은 반려동물과 반려인의 행동도 바로잡아 주지만, 반려동물과 관련하여 생긴 특정 논란에 대한 의견도 서슴없이 내놓는다. 일반 대중에게 올바른 반려동물 문화를 위한 인식 전환을 막힘없이 그리고 끈질기게 요구하는 것처럼 보인다. 여론의 뭇매를 각오하면서도 '선구자'의 역할을 자임하고 있는 것이다.

　따라서 나는 이들을 보며, 'K-반려동물 훈련'의 가능성을 생각해 본다. 내가 보기에 외국의 어떤 TV 프로도 한국의 반려동물 프로를 따라가지 못한다. 한국의 반려동물 문화를 이끄는 동시에 일반 대중의 인식도 점차 변화시키고 있는 이들의 파급력은 이미 몇 차례 외신에서 언급된 바가 있다. 그만큼 이들의 활약이 실로 대단한 것이다. 이를 국가 차원에서 좀 더 육성하고 지원하여 'K-Culture'의 콘텐츠로 만들어 가면 어떨까 하는 생각이 든다. 이미 전 세계가 주목하는 'K-Culture'의 위상이 보다 더 높아질 것이라 확신한다.

4부

시고르자브종

# 펫로스증후군

아는 지인이 18년 동안 반려견을 키웠다. 자식만큼 오래 키웠으니 얼마나 정이 들었을까. 그러던 반려견 '똘이'가 결국 '무지개다리'를 건넜다. 그 슬픔은 말로 형용하기 어려울 것이다. 평소 똘이와 산책하던 사모님은 똘이의 유골함을 들고 한 달 이상을 매일 산책 코스 그대로 산책했다고 한다. 똘이가 가장 좋아하는 코스라고 했다.

그런 사정을 들은 내가, 새로운 반려견을 입양하면 어떻겠냐고 제안했다. 너무 슬픔에 빠져 있지 말고 새로운 반려견을 키우면서 슬픔을 조금씩 잊는 것이 좋지 않겠냐고 말이다.

"강아지와 이별하는 고통을 또 겪고 싶지 않아요."

이런 대답을 들었다. 반려견과 이별한 슬픔이 너무나 크고 고통스러워서 '또' 앞으로 주어질 슬픔을 감당할 자신이 없다는 것이다. 당장의 기쁨과 위로보다, 앞으로 닥칠 반려견의 죽음이 더 겁난다는 말을 충분히 이해할 수 있었다. 최근에는 이러한 이별의 고통을

'펫로스(pet loss)증후군'이라는 말로 설명하기도 한다.

　요즘 반려동물 관련 프로그램에서 평생 동반자였던 반려견을 잃은 반려인들의 사연을 심심치 않게 볼 수 있다. 대게는 두 가지의 타입으로 나뉜다. 또다시 다가올 이별에 대한 어려움으로 입양을 포기하는 것이다. 한편으로는 이별의 슬픔을 달래기 위해 새로운 반려동물을 입양하는 경우가 그것이다. 그러나 자연스럽게 새로운 반려동물을 통해 치유는 물론 행복감을 선물 받게 되는 경우가 훨씬 많을 것 같다.

　어떤 반려인은 4살 때 갑자기 반려견을 잃게 되었는데 마침 4살짜리 유기견을 입양해 많은 위로를 받고 화목한 가족이 된 사례도 있었다. 그분은 무지개다리를 건넌 반려견 이야기를 하면서 눈물을 보일 정도로 먼저 보낸 반려견에 대한 슬픔과 애정이 남아 있었지만, 새로 입양한 반려견에게서 더 많은 위로를 받고 있는 것은 분명해 보였다.

　반려견만 그러한가. 필멸자인 우리 인간은 언젠가 한 번은 반드시 죽는다. 우리 곁의 사랑하는 사람들도 때가 '되면' 우리 곁을 떠날 수밖에 없다. 그때가 곧 올 것이라 생각하면 마음이 지옥이 되니, 우리는 자신을 비롯해 사랑하는 사람의 죽음을 먼 미래의 일로 미뤄 둔다. 그러나 그때가 언제가 될지는 아무도 모른다.

　사랑하는 사람과 이별하는 고통은 실로 엄청나다. 그럼에도 불구하고, 우리는 이별을 이겨 내야 한다. 누구도 이별을 막을 수 없기 때문이다. 그러니, 이별하기 전에 최선을 다해 서로 사랑하는 것이 해법일 것이다. 오늘이 마지막 날인 것처럼!

# 개판은 개판이 아니다

우리는 어지럽게 난장판이 된 상황을 보고 '개판'이라는 말을 종종 할 때가 있다. '개판 오 분 전'이라는 말도 많이 들었을 것이다. 사전적으로 '개판'은 '상태, 행동 따위가 사리에 어긋나 온당치 못하거나 무질서하고 난잡한 것을 속되게 이르는 말'을 뜻한다.

그러나 나는 '개판'이라는 말 자체를 반대한다. 개들이 모여 있으면 과연 난장판, 엉망, 무질서가 될까?

실제로 개들이 모여 있는 반려견 카페나 반려견 테마파크에 가보라. 예상치 못할 광경을 목도하게 될 것이다. 물론 몇몇 견종들은 서로를 향해 짖거나 서로 탐색하기 바쁘기도 하다. 물론 대부분의 견주들이 반려견에 목줄을 채웠기 때문에 크게 '사고'가 날 일도 없지만, 목줄을 풀어도 되는 반려견 동산(쉼터)의 경우도 마찬가지. 쉼터 안에서 소형견과 중형견 또는 대형견을 분리하여 풀어놓기 때문에 문제가 일어나지 않는다. 오히려 순식간에 아이들이 서열 정리를 끝내고 서열대로 삼삼오오 모여서 논다. 개들 사이에도 나름의 엄연한 질서가 있는 것이다.

우리는 각종 단어나 형용사에 '개-'라는 접두사를 붙여서 부정적인 상황을 강조한다. 욕설도 상당히 많다. 그러나 잘 생각해 보면, '개만도 못한 사람'이 훨씬 많다. 질서정연한 개들보다 못한 상황이 인간세계에 더 많으니, 과연 '개-'라는 접두사를 우리가 쓸 자격이

있을까. '개판'이라는 말은 우리 인간이 만든 말이며 인간이 개를 낮잡아 본 말이지만, 생각보다 개는 똑똑하다. 개판은 개판이 아닌 것이다.

# 개가 있는 풍경

서양이든 동양이든 고양이나 개가 있는 그림 또는 사진을 보면 왠지 모르게 편안함을 느낀다. 특히, 개가 있는 그림은 평화롭고 나른한 분위기를 고스란히 전해 준다. 아무래도 인간에게 가장 친근한 반려동물이 개이기 때문일 것이다. 사냥이나 탐지와 같은 특이한 상황을 제외하고, 개는 언제나 우리 곁에 목적 없이 그저 '있을 뿐'이다. 그렇게 개가 가만히 우리 곁에 있는 상태는 아무 일도 일어나지 않는, 문제 하나 없는 상태 그 자체로 상상하기에 십상이다. 우리는 그런 상태를 잘 알기에 비록 그림 속일지라도 평온함을 손쉽게 감지해 낼 수 있는 것이 아닐까.

한국의 평화로운 농촌 풍경을 떠올려 보라. 대부분 사람은 마당 한가운데 혹은 길가에서 하릴없이 졸거나 장난치고 있는 개를 떠올릴 것이다. 반려견과 공원에서 산책하고 있는 사람들을 봐도 마찬가지. 개를 평온의 상징으로 봐도 무방할 것이다.

누구나 한번은 봤을 조선의 화가 이암의 〈하조구자도〉를 비롯해 김홍도의 〈모구양자도〉, 신윤복의 〈나월불폐도〉 등 우리 한국의

이암의 〈하조구자도〉

김홍도의 〈모구양자도〉

신윤복의 〈나월불폐도〉

마네의 〈킹 찰스 스패니얼〉

고갱의 〈강아지 세 마리가 있는 정물〉

그림뿐만 아니라, 마네의 〈킹 찰스 스패니얼(King Charles Spaniel)〉, 고갱의 〈강아지 세 마리가 있는 정물(still life with three puppies)〉 등을 통해 우리는 소위 '명화'라고 하는 그림 가운데서 '댕댕이'를 찾아볼 수 있다. 때로는 충직하고 근엄하게, 때로는 천진난만하게 묘사하고 있는 댕댕이가 예술 작품의 소재가 된다니, 그저 신기할 뿐이다.

개는 인류 최초의 가축이며 개의 조상이었던 회색 늑대는 BC 3만여 년 전부터 우리와 함께 있게 되었다고 한다. 시대를 막론하고 오랫동안 인간과 함께한 반려동물 개. 그렇게 개가 우리 곁에 있는 것만으로도 우리는 심신의 안정(安靜)을 얻게 되는 것이다.

사정이 이러하니, 반려견과 함께하는 반려인들은 비반려인보다 안정과 평화로움을 느낄 일이 하나 더 있다고 말해도 괜찮겠다.

# 견종이 곧 민족성

　진돗개, 삽살개, 풍산개 등을 한국의 토종개로 꼽을 수 있는데, 가만히 생각해 보면 견종이 곧 그 나라의 국민성 혹은 민족성을 잘 보여 주는 듯하다. 아무래도 각 대륙 혹은 나라(민족)마다 고유의 토종개가 있다 보니, 개가 그 지역의 문화와 특성을 잘 반영할 수밖에 없을 것 같다. 물론, 최근에는 견종 개량에 따라 다양한 견종이 새로 나타나고 있지만, 세계애견연맹은 각 견종의 탄생 목적, 지역, 특성 자질 등을 분류하여 10개의 그룹, 344개의 견종 표준(국제 공인 견종)을 관리하고 있다고 하니, 견종의 특성으로 견종의 '원산지' 특성을 유추해도 틀리진 않을 것이다.

　예컨대, 썰매견으로 잘 알려진 시베리안 허스키, 말라뮤트, 사모예드 등의 견종은 북극지방의 썰매견답게 많은 운동량이 필요하고 추위에 매우 강하다. '양치기개'라는 뜻을 가진 셰퍼드 중 '저먼 셰퍼드'는 구조견이나 군견 등으로 활약하며 인간을 돕는다. 똑똑한 지능을 가졌을 뿐만 아니라 체력적으로도 강인하기 때문이다. 이러한 견종에 따라 '원산지'를 유추해 보면, 추운 지방 사람들은 썰

풍산개 곰이와 송강_뉴스1

매견과 같이 에너지를 무척 많이 필요로 하며, 독일의 강인한 이미지를 저먼 셰퍼드로 대칭시켜도 부족함이 없다.

반면에 스피치 그룹(국제 공인 견종 5그룹)의 대부분 견종은 다른 그룹의 견종보다 독립적이고 자기 영역이 확실하다. 진돗개, 시바견, 차우차우 등이 대표적인데, 타인이나 다른 동물에게는 배타적이지만 주인에게는 절대적인 충성심을 보인다. 이를 통해 한국, 일본, 중국은 '충(忠)'을 강조하는 문화가 있음을 유추해 볼 수도 있을 것이다.

혹자는 한국의 진돗개나 풍산개의 공격 능력과 전투력을 그 어떤 견종보다 높게 치면서 세계 제일의 견종으로 예찬하기도 하지만, 어쩌면 다른 민족의 침략을 많이 받았던 '약소국 콤플렉스'의 발로가 아닐까 하는 생각도 든다. 즉, 토종개의 특성이 '원산지'인 그 나라와 민족의 자긍심도 이끌어 낼 수 있다는 것이다. 이렇게 생각하니, 앞으로 다양한 견종을 볼 때 그 뒤에 숨겨진 '원산지'를 추측해 보고 상상하는 것도 재미있을 것 같다.

그런데 아프가니스탄이 '원산지'인 아프간 하운드라는 개는 조금 예외적이다. 아프간 하운드는 스탠다드 푸들이 갖고 있는 우아함과 포스에 결코 뒤지지 않는다. 평소에는 주로 누워 있어 게으른 듯 보이지만 한번 달리기 시작하면 엄청난 속도로 달린다고 한다. 그런 아프간 하운드가 오랜 내전과 극단적인 여성 차별 문화를 가진 아프가니스탄의 이미지와는 썩 어울리지 않아 보인다.

물론 아프가니스탄의 문화와 역사를 정확히 알지 못하는 내게, 이런 생각 자체가 나의 왜곡된 인식과 편견에서 비롯된 것일 수도 있으니, 조금은 신중해야겠다.

# 시고르자브종

　'시고르자브종'이라는 견종이 있다. '시골 잡종'에서 받침을 길게 늘려 외국어처럼 들리게 하는 신조어다. 쉽게 말해 '잡종견' 혹은 '믹스견'을 뜻하는 말인데, 국내에 존재하는 시고르자브종은 잔병치레가 없어 외국에서 최근 인기가 많다고 한다. 시고르자브종은 근친교배가 아니라 다양한 견종의 유전자가 혼합되었으니, 열성인자가 발현될 확률이 줄어들어서 보다 건강할 수 있겠다고 쉽게 추측할 수 있을 것 같다. 문제는 크기와 외모 그리고 성격! 일명 '종특

<sup>(종족 특성)</sup>'이 그대로 유전된 것이 아니라, 다양한 유전자가 혼합<sup>(믹스)</sup>되었으니 얼마나 커질지, 어떤 성격을 갖고 있을지 예측하기 어렵다는 점이다.

인간도 마찬가지 아닐까. 다양한 인종, 민족, 문화 등이 섞이면서 열성인자가 조금씩 줄어들어 훌륭한 유전자만 남는다. 인종과 문화의 '용광로'로 불리는 미국이 그래서 세계 패권을 쥐고 있는 게 아닐까 하는 생각도 해 본다. 앵글로색슨계나 아일랜드계만 미국에 있었다면 지금의 '천조국<sup>(국방 예산만 천조 원이라는 뜻으로, 엄청난 경제력을 지닌 미국을 지칭하는 말)</sup>'은 꿈도 꾸기 어렵지 않았을까. 다양한 인종과 민족이 사회 적재적소에 꼭 필요한 인재로 활약하고 있는 미국.

최근 '한민족<sup>(韓民族)</sup>'이라는 개념이 다양한 분야에서 다시 이야기되고 있다. '한민족'은 한국어를 공통으로 사용하며 한반도를 중심으로 공동의 문화를 형성하고 있는 '단일민족'을 뜻하는 말이지만, 점차 한국 국적 해외 체류자, 한국계 외국인이 늘어나면서 '한 핏줄'의 민족이 아닌 '언어공동체' 혹은 '문화공동체'의 민족으로 이야기해야 한다는 담론이 설득력을 넓혀 가고 있다.

예컨대 지금 한국 국적을 갖고 있는 '결혼이주여성'과 그 가족의 자녀가 있는 '다문화 가정'을 우리는 '한민족'이 아니라고 말할 수 있을까. 더욱이 최근에는 국제결혼도 심심치 않게 늘어 가고 있는데, 언제까지 '한민족'을 고집할 수 있을까. 더욱이 저출산의 재앙을 우려하는 목소리와 함께 적극적으로 이민을 받아들여야 한다는 주장이 설득력을 더 높여 가고 있다.

대체로 하나의 정통성과 고유성만 주장하는 집단은 <sup>(신기하게도)</sup> 오래 가지 못한다. 어쩌면 혼합<sup>(믹스)</sup>은 모든 생물체가 보다 강해지기 위해 필연적으로 선택하는 운명일지도 모른다. 과연 지금의 한국은 '시고르자브종'으로 건강한 상태일까, 아니면 선천적 질병을 안고 사는 상태일까. 갑자기 궁금해졌다.

소위 '패거리 문화'라 할 수 있는 진영의 대립과 심화되고 있는 양극화 문제의 해답을 이와 같은 생물학적 관점에서 쉽게 찾을 수 있을 것 같다. 사회 통합이 정치적 슬로건으로만 머물러서는 안 되는 과학적 이유이기도 하다. 통합된 사회, 통합된 국가가 분열된 사회, 분열된 국가보다 훨씬 강력하고 우월하다는 것은 역사적으로 증명되었을 뿐 아니라, 생물학적으로도 확실하게 증명되고 있다.

'시고르자브종'과 같은 사회 통합을 기대해 본다.

# 영감을 원한다면 고양이를, 사랑을 원한다면 개를

세계적인 베스트셀러 작가이자 한국인이 가장 사랑하는 외국 소설가인 베르나르 베르베르가 최근 「상대적이며 절대적인 고양이 백과사전」이라는 책을 출간하며 인터뷰한 신문기사를 읽게 되었다. 그는 인터뷰 중 다음과 같은 말을 한다.

"신비한 영감을 원한다면 고양이를, 사랑을 원한다면 개를 키우라."

개는 사랑을 주는 동물이고 고양이는 풀리지 않는 미스터리라는 것이다. 내가 아는 지인도 그와 비슷한 말을 내게 한 적이 있다. 고양이는 정신을 편안하게 해 주고, 강아지는 육체를 건강하게 해 준다고 말이다.

그의 책 내용 중 고양이가 인간의 행복에 일조한다는 '갸르릉테라피'라는 신조어가 참으로 흥미롭다. 반려견 버전으로 하면 '댕댕이 테라피'라 할 수 있을까.

반려견이 인간을 향해 일방적으로 주는 사랑과 충성심은 대가를

바라지 않는, 무조건적인 사랑이다. 인간과 다르게 반려견을 비롯한 반려동물은 인간에 기대감 또는 허영이 없다. 훈련이나 훈련에 따른 행동을 할 때를 제외하고는 '내가 이런 행동을 하면 주인은 어떤 보상을 해 주겠지.' 하는 생각이 아니라, 그저 '그렇게 할 뿐'이다. 이때 형성된 유대감이 우리 인간에게 행복감을 비롯해 정서적인 안정까지 선물로 준다.

그래서 딸아이는 하나님께서 인간의 곁으로 천사를 보내 주셨다면, 아마도 강아지일 것이라고 말한다. 우리 가족은 말도 할 수 없고 잘 짖지도 않는 다온이를 통해 참으로 많은 위로와 도움을 받는다. 더욱이 다온이는 4개월짜리 신입 강아지 모아한테 모든 장난감을 다 양보해 주니, 다온이야말로 진정한 '천사견'이 아닌가.

우리 가족은 그렇게 다온이를 칭송(7)한다. 반면에 4개월짜리 모아는 이런저런 사고를 치고 있지만 우리 가족은 그저 철딱서니 없는 천사견이라 여기고 있다.

두 천사가 있는 우리집은 그 어느 때보다 훨씬 따뜻하고 아늑하다. 두 천사에게 고마울 따름이다.

# 영웅

　우리는 종종 영화보다 더 영화 같은 동물 이야기를 접하게 된다. 최악의 상황과 좌절을 이겨 내는 인간의 휴머니즘도 주목할 만하지만, 불가능할 것 같은 상황을 '끝내' 이겨 내며 인간과의 유대감을 잃지 않는 동물 역시 감동적이다.

　1925년 알래스카, 폭설과 강풍으로 모든 교통수단이 막힌 가운데 디프테리아균의 창궐로 혈청 배달을 위해 170마리 20팀의 썰매팀이 만들어진다. 그 가운데 썰매견 리더 토고는 무려 264마일을 달리지만, 마지막 주자인 발토가 50마일 남짓을 달려 모든 영광을 독차지하게 된다. 뒤늦게 진실이 밝혀지면서 토고의 명예는 회복되지만, 폭풍과 눈보라가 치는 악조건 속에 인간 세팔라를 믿고 끝까지 달린 토고. 토고는 2011년 타임지가 뽑은 역사상 가장 영웅적인 동물로 선정되기도 했고, 2022년 디즈니 플러스에서 〈토고(Togo)〉라는 제목으로 영화화되기도 했다.

　영화 〈하치 이야기〉의 하치도 유명하다. 하치라는 개를 주제로 한 이 영화는 일본에서 일어났던 실화를 바탕으로 2002년 일본 영

구조견 특유의 발달된 감각으로
땀·분비물·체취 등 사람의 냄새를 감지

4마리 모두 튀르키예 구호 작업 중
부상을 당했는데

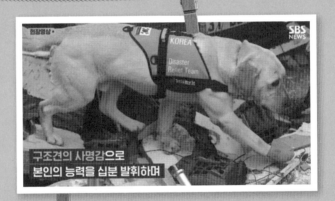

구조견의 사명감으로
본인의 능력을 십분 발휘하며

튀르키예 지진 우리나라 구조견 활동_SBS, 채널A 뉴스

화로 제작된 후, 2010년 리처드 기어 주연의 영화로 리메이크되었다. 유기견인 자신을 가족으로 맞이한 주인의 퇴근길을 같은 자리에서 항상 기다렸던 하치. 주인은 갑작스럽게 심장마비로 죽고 말지만, 하치는 늘 같은 자리에서 주인을 기다린다. 현재 일본에는 하치가 죽은 주인을 항상 기다렸던 그 자리에 동상이 세워져 있다고 한다.

한국에도 '충견 오수의 개' 설화가 있다. 현 전북 임실군에 살던 김개인(金蓋仁)은 충직하고 총명한 개를 기르고 있었는데, 잔치에 초대된 김개인이 몹시 취해 돌아오는 길에 풀밭에서 잠들게 된다. 때마침 들불이 나 김개인이 누워 있는 곳까지 불이 번지기 시작했지만, 주인을 기다리다 못해 직접 나온 김개인의 개가 개울가에 몸을 적셔 들불 위로 뒹굴어 불을 끄기를 반복한다. 결국 불은 꺼졌지만 개는 그 자리에 쓰러져 숨을 거두고 만다. 이에 김개인은 자신 대신 목숨을 바친 그 개를 기억하기 위해 자신의 지팡이를 개의 무덤 앞에 꽂았다고 한다. 그 지팡이에서 나무가 자라 훗날 '개 오(獒)'자와 '나무 수(樹)'를 합하여 이 고장의 이름을 '오수(獒樹)'라 불렀다는 이야기가 고려 시대 문인 최자(崔滋)가 쓴 「보한집(補閑集)」(1230)에 실렸다.

불과 얼마 전에도 충남 홍성에서 외출했다가 풀밭에 쓰러진 할머니를 자신의 체온으로 밤새 지킨 댕댕이 일화가 화제가 되었다. 지금 이 순간에도 개들의 인간 구조 활동은 세계 곳곳에서 계속되고 있다. 각종 재난현장에서 인간을 구조하기 위해 구조대원들과 함께 헌신하고 있는 개들이 얼마나 많은가. 가장 최근에 강진 피해를 받은 튀르키예에 파견된 대한민국 해외긴급구호대와 함께한 '토백이', '티나', '토리', '해태' 등의 특수 인명 구조견의 맹활약은 두고두고 회자할 것이다.

어디 이뿐이랴. 이러한 기적과 같은 동물 이야기는 숱하게 많을 것이다. 그러나 이들에게는 공통점이 하나 있다. 그것은 이들이 특출나게 능력이 뛰어난 것이 아니라, 인간과의 유대감 혹은 충직함이 그 어떤 동물보다 강했다는 것이다. 이들이 자신의 한계를 뛰어넘어 목숨을 '초개(草芥)'처럼 버릴 수 있었던 이유는 간단하다. 주인에 대한 절대적인 사랑과 믿음 때문이다. 그러니, 이들을 '영웅'이라고 불러도 부족함이 없을 것이다.

우리나라 구조견 해태, 토백이, 티나, 토리_뉴스1

# 강아지와의 동침

반려견과 함께 자면 우울증이나 악몽으로부터 지켜 준다는 말이 있다. 실제로 반려견이 어린아이들의 심리적 안정에 도움이 된다는 연구 결과도 있긴 하다. 반려견과 인간이 함께하면 소위 '사랑의 호르몬'이라 불리는 옥시토신 수치가 높아지고, '스트레스 호르몬'인 코르티졸 수치가 낮아진다는 것이다. 또한 아토피나 알레르기 질환의 위험도도 낮춘다는 연구 결과도 쉽게 찾아볼 수 있다. 그래서 그런지 다온이와 함께 잠들면 숙면을 더 취하는 것 같고 아침부터 기분이 좋다.

다온이는 아내의 침대에 누워 있다가 내가 밤늦게 들어오면 내 침대로 슬그머니 넘어온다. 아내가 깨지 않게 말이다. 처음에는 내 품 안에 있다가, 얼마 후 다리 쪽으로 내려간다. 왜 그런가 해서 검색해 봤더니, 그게 주인에 대한 존중의 표시이자 주인을 지키겠다는 충성심의 발로라고 한다. 누가 알려 주지 않았고 내가 지시하지도 않았는데 말이다. 참으로 신기할 뿐이다.

반면에 모아는 아직도 '하룻강아지'라 그런지 겨드랑이 쪽으로 파

고든다. 그리고 얼마 지나지 않아 자신의 보금자리인 서재로 돌아간다. 아무래도 모아는 서재를 더 아늑하게 느끼는 것 같다. 침실이 다온이의 구역임을 인정하는 것일 수도 있을 것이다.

반려인들도 늘 이야기한다. 반려견과 함께 자면 하루의 지친 일과를 위로받고 이해받는 것 같다고. 사랑하는 가족을 안고 자는 것이니 그럴 수밖에. 가끔 그런 생각도 든다. 이렇게 다온이와 모아를 안고 자는 것이 어느새 내게는 소중한 행복이 되어 있었다.

# 강아지는 왜 눈을 좋아할까

　반려인들은 다 아는 사실이지만, 강아지들은 정말 눈을 좋아한다. 어린 시절 초등학교 교과서에는 눈사람 곁에 신나 하는 강아지가 있었다. 감정 표현도 별로 없고 산책에 심드렁한 다온이도 눈밭을 무척 좋아한다. 모아는 말할 것도 없다. 엉덩이를 씰룩거리면서 이리 뛰고 저리 뛰며 눈밭에 뒹군다. 어린아이가 눈 오는 날 신나 하는 것과 같은 이치인 듯하다.

　강아지는 왜 눈을 좋아할까. 여러 이유가 있지만 그 가운데서 설득력이 높은 것은 강아지가 뭐든 할 수 있는 '눈-놀이' 자체를 좋아하기 때문이라는 '썰'이 있다. 파묻힐 수도 있고 뒹굴 수도 있고 먹을 수도 있고 차갑기도 한 눈이 강아지에게는 하나의 장난감인 것이다. 그것도 1년에 한두 번 아주 잠깐 만날 수 있는 장난감이니, 얼마나 반갑고 즐겁겠는가. 다온이와 모아에게도 마찬가지일 것이다.

　또한 강아지는 적록색맹이기 때문에 눈송이나 눈이 매우 이질적으로 보여서 눈을 좋아한다는 학설도 있다. 그리고 강아지는 근시

이긴 하지만 움직임에 무척 예민하기 때문에 눈송이가 흩날리는 풍경이 강아지를 자극한다는 말도 있다. 이유가 어찌되었든 사람에게도 묘한 매력을 주는 눈은 강아지에게도 매력적일 것이다.

내가 생각하기에 강아지가 눈을 좋아하는 이유는, 세상이 온통 하나의 색으로 변했다는 점과 세상의 모든 냄새가 없어졌다는 점이 아닐까. 다채로운 색과 냄새가 있는 이 세상이 하나의 색과 하나의 냄새로 바뀐다면, 얼마나 낯설까.

눈에 어떤 냄새가 있을지 의문이긴 하지만, 발에 닿는 그 차가움과 푹푹 빠지는 묘한 촉감은 강아지에게 무척 흥미로울 것이다. 우리가 어렸을 때 그랬던 것처럼….

# 개새끼

'개새끼'라는 말은 우리가 가장 쉽게 들을 수 있고 할 수 있는 욕이다. 더욱이 역사도 오래되었다. '개새끼'의 옛말인 '개삿기'는 16세기 문헌에 나타난다. 「조선왕조실록」에도 '개새끼(狗子, 狗雛, 狗兒)'라는 단어로 여러 번 등장할 정도다.

그런데 아주 오래전부터 우리 인간과 매우 가깝게 지냈던 반려동물 중 하나가 바로 개인데, 왜 '개새끼'가 한국 욕의 '기본 of 기본'이 되었을까. 물론 여기서 접두어 '개-'가 동물의 개만 뜻하지 않고, '야생 상태', '흡사하지만 다른(가짜)', '질이 떨어지는' 등의 의미를 갖고 있다고 한다. 역사적 근거가 빈약하기 때문에 접두어 '개-'에 대한 논쟁은 앞으로도 계속될 것 같다. 더욱이 최근에는 접두어 '개-'가 강조(more)의 의미로 사용되기도 해서 앞으로도 무궁무진한 활용을 보일 것 같기도 하다.

내가 생각하기에 '개새끼'가 욕이 된 데에는 '짝짓기' 문제 때문이 아닐까 한다. 도덕적으로 혹은 관습적으로 옳지 않은 '짝짓기'와 관련한 욕은 동서고금을 막론하고 나타나는 현상이다. 한국의 경우,

옛날부터 '시고르자브종'은 목줄 없이 자유롭게 살았다. 그래서 발정이 나면 다른 개와 교미를 쉽게 할 수 있었는데, 문제는 어떤 개와 교미했는지 알 수 없다는 것이다. 유교가 근본 가치였던 한국의 과거에서 이렇게 '근본'을 알 수 없는 강아지들이 태어나다 보니, 근본을 모르는 것을 최대치의 욕으로 설정한 것이 아닐까 하고 추론하는 민속학자의 이야기를 들었다.

한편으로, 이런저런 '-새끼'로 말하는 것도 좀 그렇다. 어떤 생명체든 간에 새끼는 얼마나 예쁘고 귀여운가!

어찌되었든 간에 반려인의 입장에서 '개새끼'라는 말은 좀 듣기 거북한 것이 사실이다. 강아지가 얼마나 예쁘고 사랑스러운데!

# 우리 강아지한테 들었어요

아이를 키워 본 사람이라면 알 것이다. 갓난쟁이 아이가 커 갈 때 귀엽고 사랑스런 모습을 다른 사람에게도 자랑하고 싶어진다. 자기 혼자만 보기 아깝다는 것이다. 오래전에는 자식이나 아내와 남편 자랑하는 것을 팔불출로 여겼으나, 최근에는 그렇지 않다. 특히 나이 지긋한 어르신들은 손주 자랑하는 것을 무척 좋아하신다. '손주 자랑하려면 5만 원'이라는 말이 나돌 정도로 말이다.

그런데 이제는 '인간-가족' 자랑을 넘어서, '동물-가족' 자랑까지 하게 되었다. 그만큼 시대가 변한 것이다. 가족 사진을 스마트폰에 저장해 두고 이따금 꺼내 자랑하듯이, 이제는 반려동물 사진을 꺼내 자랑하게 되었다.

최근에 우연히 라디오 음악 프로를 듣다가 다음과 같은 에피소드를 듣게 되었다. 내용인즉, 어떤 두 사람이 자신의 반려견을 자랑하는 내용이었다.

A : "우리집 댕댕이는 아침에 샌드위치를 가져오라고 하면 바로

물고 와요."

　B : "이미 알고 있어요."

　A : "어떻게 알았어요?"

　B : "우리집 댕댕이한테 들었어요."


우스갯소리이긴 하지만 아이 자랑하듯이 이제 반려동물도 자랑하는 유머가 생겨날 정도로 반려견을 자랑하는 시대가 된 것이다. 그만큼 반려동물도 우리 인간과 가족이 되었다는 것이고, 그만큼 반려동물과 함께하는 사람이 늘었다는 것을 반증하는 것이기도 한 것 같다.

강아지 자랑 조크까지 방송에 나오다니, 재밌는 시대가 되었다.

# 장군이와 차돌이

"똑똑하고 영리한 우리 장군이 발견하신 분 잘 좀 키워 주세요."

경기도 동두천시에 위치한 애견유치원이 SNS에 공개한 유기견 목줄에서 발견된 쪽지의 내용이다. 키우던 견주는 작은 쪽지에 서툰 맞춤법으로 "장군이와 단둘이 살다가 이제는 함께 살 수 없게 되었습니다. 저는 이제 살날이 얼마 남지 않았습니다. 저는 정부가 운영하는 시설로 갑니다. 부디 사랑하는 우리 아들 장군이를 부탁합니다. 아들아, 어디에 있든 아빠는 항상 너의 옆에 있을 거니 아프지 말고 잘 지내라."라는 마지막 인사말까지 썼다고 한다.

무척이나 가슴 아픈 사연이었다. 어떤 이는 결국 키우던 반려견을 유기한 것이라고 비난하기도 했지만, 요양시설에 반려견을 데려갈 수 없으니 어쩔 수 없는 상황이 아닐까. 아들처럼 함께해 왔던 장군이를 놓아 줄 수밖에 없었던 딱한 처지와 심정에 먹먹한 안타까움과 애절함이 전해졌다.

1년여 전 비슷한 처지의 유기견이 TV에 소개되었던 사연이 생각

SBS 〈동물농장〉 할아버지와 차돌이

났다. 차돌이라는 반려견과 함께 살고 있던 할아버지가 갑자기 쓰러져 요양병원에 들어가게 되었다. 혼자 남겨진 차돌이는 1년 반 가까이 할아버지만을 기다리며 지내고 있었다. 다행히도 이웃집 천사 아주머니가 빈집에 남겨진 차돌이에게 사료를 챙겨 주었다. 그렇게 1년 반 만에 차돌이와 할아버지가 재회하는 장면이 방영되었다.

오랜만에 만난 할아버지를 바로 알아보고 할아버지 품에 안기는 차돌이와 차돌이를 안고 하염없이 눈물 흘리는 할아버지. 할아버지는 이렇게 말했다. "기도했어요. 우리 차돌이 아프지 말라고. 기도했어요." 차돌이를 위해 기도했다는 할아버지와 차돌이의 상봉 장면은 많은 이들을 눈물 흘리게 했다. TV 방영 이후 차돌이는 임시 보호를 거쳐 좋은 환경의 새로운 주인에게 입양되었다고 한다.

장군이 사연을 보면서 장군이도 부디 차돌이와 같은 해피엔딩을 맞이하기를 간절히 바라게 되었다. 그러던 차에 장군이 입양 소식을 듣게 되었다. 장군이를 처음 발견해 애견호텔에 데려다 준 분이 장군이를 입양했다는 소식이었다. 애견호텔 측에서도 장군이를 처음 발견했기 때문에 장군이에 대한 우선권을 인정하였다고 한다.

생각보다 빨리 장군이에게 행운이 오게 된 것 같아 안도하게 되었다. 요양병원에 입소하면서 절절한 사연을 쓴 쪽지를 목에 달아 주었던 장군이에 대한 사랑의 메시지가 장군이에게 행운의 고리가 된 것 같다. 참으로 다행스럽다.

5부

# 견우일가

# 선진국의 품격

'펫택시(pet texi)'라는 사업이 최근 급부상하고 있다. 차량을 소유하고 있는 반려인이라면 크게 문제가 없겠지만, 차량이 없거나 혹은 차량을 운전할 수 없는 타지방을 이동하게 될 때면 반려인들은 난감해진다. 반려견 동반으로 교통수단을 이용하려면 여러 제약이 따르기 때문이다. 그래도 최근에는 반려동물 전용 운반 가방(케이지)을 이용하면 반려견과 함께 비행기를 타거나 버스, 지하철, 기차까지 탑승할 수 있다. 그만큼 반려문화가 많이 바뀐 것이다.

문제는 급하게 택시를 타야 하거나 대형견의 경우다. 그래서 등장한 것이 바로 '펫택시'다. 이미 여러 택시 플랫폼들이 '펫택시 서비스'를 실시하고 있고, 스타트업 기업(애플리케이션)들도 제법 된다.

소형견은 케이지 혹은 '개모차(애견유모차)'에 태우면 문제가 되지 않지만, 대형견은 동반 이동 시 많은 제약이 따른다. 예컨대, 반려견이 10kg(케이지 포함)을 넘게 되면 고속버스나 SRT 동반 이용이 어렵고, 항공사마다 다르지만 약 7kg(케이지 포함)을 넘게 되면 기내 탑승은 어렵고 수화물 위탁으로만 반려견을 태울 수 있다. 결국 대형견과 함께 이동하려면 자기 소유의 차량을 이용하는 게 제일 속 편할 수밖에 없다.

그러나 외국, 특히 선진국이라 불리는 나라들은 반려동물과 이동이 자유롭다. 한국의 경우, 시각장애인 안내견 동반 대중교통 이용이 합법화된 것이 겨우 2012년이지만, 유럽이나 호주에서는 이미 오래전부터 반려견이 크든 작든 간에 함께 버스를 타거나 지하철을 타는 것이 아무런 문제가 되지 않는다.

세계에서 가장 철저하게 반려동물을 관리하는 독일의 경우 매년 동물 보유세를 견주가 내야 하며, 반려견에게 대중교통 요금을 부과하고 있다. 오스트리아와 스위스에서는 반려동물을 입양하려면 특별한 교육 과정도 이수해야 한다.

그 나라가 선진국인지 아니면 후진국인지는 반려동물 정책만 봐도 알 수 있다. 나라 혹은 정부의 재정이 탄탄해서 반려동물 정책을 지원하는 것이 아니다. 반려동물 역시 소중한 생명체로 시민과 동등한 의무와 권리가 있음을 선언하고 이를 유지하는 것 자체가 타 생명체와 공존하기 위한 노력이며, 그 나라의 '품격(dignity)'이다.

과연, 한국의 품격은 얼마나 될까? 아직도 가야 할 길이 멀지만, 차근차근 하나씩 바꿔 나간다면 또 못할 것도 없겠다. 앞으로도 나는 품격 있는 한국을 기대하고 꿈꿀 것이다.

# 식용 개가 따로 있다?

## –혁신적 결단

2021년 10월 31일 국민의힘 대선 경선 후보자 종합토론회였다. 유승민 후보자가 개 식용 정책 관련한 질문을 꺼내 들었다. 이에 윤석열 후보자는 "식용개는 따로 키우지 않나."라는 답변을 했다. 이후로 한동안 '식용 개' 논란은 뜨거운 이슈가 되었다.

해마다 복(伏)날이 다가오면, 보신탕(개고기 금지) 논란이 시작된다. 우리나라 전통 복날 음식이라는 찬성 쪽 의견과 개고기 식용이 국가 이미지를 떨어뜨리는 혐오 음식이라는 반대쪽 의견이 팽팽하다. 최근에는 왜 개에게'만' 다른 동물과 구분되는 특별한 지위를 부여하는가에 대한 논란으로 확대되고 있다. 소, 돼지, 닭, 생선 등의 가축(家畜)과 수산물은 먹어도 되고, 왜 개는 안 되냐는 것이다. 어느 가정에서는 돼지를 집안에서 키우기도 하는데, 그러면 돼지도 반려동물이 될 수 있지 않나 하고 의문을 제기하는 것이다.

개는 충성심이 어느 동물보다 뛰어나며 지능이 높을 뿐더러 인간과 가장 가까운 교감을 나누는 동물이므로 식용하지 말아야 한다는 주장은 결국, 감정에 호소하는 것에 불과하다는 것이 최근 논쟁의 결론인 것 같다. 그러나 실제로 개와 고양이만큼 인간과 교감하는 동물이 없다는 것도 밝혀진 사실이다. 쉽게 끝날 것 같지 않은, 앞으로도 오래갈 것 같은 논쟁이다.

나 역시 '식용 개'에 대해 절대 반대하는 입장이다. 강아지를 키우고 나서는 '식용 개'에 대해 더더욱 끔찍한 느낌이 든다. 이 논쟁은 찬성과 반대에 앞서 근본적으로 해결해야 할 문제가 하나 있다. 바로, 반려견과 식용 견을 구분하는 것 자체가 인간 중심적인 생각이라는 점이다. 어떤 개는 태어날 때부터 '분양-양육'의 과정을 기다리지만, 어떤 개는 태어날 때부터 '사육-식육'의 과정을 기다린다. 이것은 누가 만든 과정인가. 바로 인간이다.

식용 개고기 매매의 상징처럼 되어 있던 성남 모란시장의 개고기 판매를 2016년 당시 이재명 성남시장이 폐쇄 조치한 것은 뒤늦게나마 다행이었다. 이같은 조치에 저항도 있었고 논란도 있었지만 다수 여론의 지지가 개고기 판매금지 지속화에 큰 힘이 되었다.

당시 이재명 시장의 혁신적 결단은 단순히 모란시장 내의 개고기 판매금지를 넘어 한국에서 보신탕 문화가 급격히 줄어들고, 개고기·동물복지의 담론이 시작되는 중요한 변곡점이 되었다고 생각한다.

최근 우리들은 '반려동물'이라는 말을 쓰지만, 이전에는 '애완동물'이라는 단어를 썼다. '반려'와 '애완' 역시 인간의, 인간을 위한, 인간에 의한 것이지만, '반려'는 우리와 함께 살고 있는 생명체에 대한 존중이 내재되어 있다.

물론 '식용 개'는 축산물위생관리법 적용 대상에 포함되지 않아서 엄격한 위생 규제를 기대할 수 없다. 그렇다고 해서 축산물위생관리법에 적용시키는 순간, 그것은 '식용 개'를 합법화하는 것이나 마찬가지니, 이 또한 쉽지 않다.

나도 한때 '식용 개'를 하나의 음식문화로 생각했었다. 그러나 내가 반려인이 되니, 그것은 하나의 핑계에 불과한 것임을 알게 되었다. '식용 개'가 전 세계에서 얼마나 한국의 이미지를 깎아내리고 있는가. 우리가 생각하는 것보다 훨씬 치명적인 타격을 한국에게 주고 있다.

다시 한 번 나는 생각해 본다. 어떤 개든, 어떤 동물이든 자신이 식용되기 위해 태어나고 싶진 않을 것이라고. 모든 생명은 소중하다. 고민할 것이 참으로 많다.

# 유기와 구원, 그리고 정치

EBS의 〈세나개(세상에 나쁜 개는 없다)〉는 내가 예전부터 즐겨 보는 반려동물 관련 TV 프로 중 하나다. 그 가운데 매우 감명받은 에피소드가 있다. 바로 244회(2022. 12. 16. 방송) '유기견의 파라다이스' 편이다. 지방의 건설회사 사장님이 7년 동안 55마리의 유기견을 돌보는 이야기인데, 실로 놀랍다.

냉난방을 완전히 갖춘 컨테이너 시설을 회사 옆에 두고 20명의 동물 관리 직원까지 채용했다. 건강 관리는 물론이거니와, 하루에 네 번씩 산책도 시키고 견종의 입맛을 맞춘 다양한 사료와 고급 간식까지 아끼지 않는 건설회사 사장님. 그렇게 회사의 규모가 커 보이지도 않는데 말이다. 회사 내에는 길고양이와 유기묘를 돌보는 공간도 따로 있다. 72마리의 고양이도 돌보고 있으니, 말 그대로 '살신성인(殺身成仁)'이라 할 수 있다. 일반적으로 이해하기 어려운 일을 사장님은 왜 하는 것일까. 사장님의 답변은 간단했다.

"그래도 내가 얻는 것이 더 많기 때문이에요."

반려동물과 교감하는 반려인의 심정을 한마디로 표현한 것 같다.

프로를 보고 나서 많은 생각이 들었다. 우선, 수많은 유기동물을 돌볼 수 있는 여건과 능력이 부러웠다. 그다음으로 그런 여건과 능력이 된다 해도 그와 같은 실행에 옮길 수 있는 결단과 용기 그리고 동물에 대한 사랑에 감동하였다. 그럼에도 불구하고, 매년 10만여 마리가 버려지는 유기동물 문제를 근본적으로 해결할 수 없다는 현실에 안타까움이 밀려왔다.

사실, 인간사회 문제도 마찬가지다. 절대 빈곤에 시달리는 빈민층의 문제가 일부 선행과 배려만으로는 근본적으로 해결되지 않는 것과 마찬가지다. 빈민층에 대한 사회보장제도는 김대중 정부 시절 기초생활지원법이 제정되면서 '복지'의 개념이 구휼과 배려의 차원에서 국가의 책무와 의무로 바뀌었다.

복지예산은 소모성 예산이라는 관점에서 생산을 유발하는 예산으로 일대 혁신적 변화가 있었고 사회 시스템의 문제로 전환되었다. 이에 따라 국가의 복지는 구휼과 구제에서 생산적 복지시대로 복지의 패러다임 자체가 바뀌었다.

하물며 이제야 반려동물 문화가 보편화되기 시작한 우리에게, 유기동물에 대한 보다 나은 시스템을 만들어 내는 것은 지난한 작업일 수도 있다. 빈민층의 실상을 보면서 느꼈던 무력감이 유기동물 문제에서도 똑같이 느껴졌다.

마찬가지로 인간사회만이 아니라 반려동물과 유기동물에게 필요한 것이 '정치(政治, politics)'가 아닌가 한다. 'politics'이라는 단어는 "시민의, 시민을 위한, 시민과 관련된(of, for, or relating to citizens)"을 뜻하는 그리스어 'politikos'에서 나온 말이다. 다시 말해, 정치는 우리 사회 구성원들이 직접 자신들의 문제를 해결하기 위해 행동하는 일이다.

여기서 세 가지의 정치가 필요할 것이다. '유기'라는 상황을 예방하는 일과 현실적 시스템 그리고 유기에 따른 책임 부여가 바로 그 것이다. 유기라는 범죄가 발생하지 않도록 반려동물 등록의 문제로 입양하기 위한 까다로운 조건을 먼저 제도화해야 하며, 반려동물 등록제에 따라 반려동물을 모두 등록할 수 있도록 하고, 법적 안정성과 법 감정 사이에서 균형 잡힌 유기에 대한 처벌 역시 법제화해야 할 것이다.

어쩌면 인간사회 역시 마찬가지다. 유기견 혹은 유기묘 한 마리 한 마리 눈동자를 보면 불쌍하기 이를 데 없다. 사회적 약자 역시 마찬가지. 그들 각자의 고통은 매우 현실적이며 구체적이다. 우리는 선택해야 한다. 방치할 것인지, 구조하고 구원할 것인지.

그래서 정치는 구조의 정치, 구원의 정치가 되어야 한다. 구원의 정치가 '결국' 우리 사회를 파라다이스로 향하게 하는 원동력이 될 것이다. 그러나 현재 한국의 정치는 구원의 정치가 아니라 혐오와 경멸의 정치로 전락하고 있다. 몹시 안타깝고 불행한 일이 아닐 수 없다.

# 들개의 역습

최근 심심치 않게 들개 출몰과 관련한 기사를 접할 수 있다. 시골의 들개는 가축들을 물어 죽이기도 해서 문제이고, 도시의 들개는 사람에게 피해를 줄 수 있어 문제다. 아주 가끔 사람이 들개의 습격을 받아 크게 다친 사건이 일어나기도 한다. 들개는 주로 재개발 지역이나 신도시에서 볼 수 있는데, 이들이 왜 들개가 되었고, 이들의 견주가 또한 누구일지 고민하게 된다.

재개발지역의 경우, 작은 마당이 있는 오래된 주택가에서 키우던 개들이었을 것이다. 기존의 일반 주택은 철거되었으니, 이제 '재-개발'된 아파트로 입주해야 할 것이다. 아무래도 아파트에서 반려견을 키우려면 소형견이어야 가능할 것이다. 덩치가 큰 대형견, 특히 마당에서 키우던 '시고르자브종'은 아파트에서 키우기 어려울 것이다. 그렇게 유기견이 만들어진다.

전 세계 그 어느 나라보다 아파트가 많은 한국은 대형견이 아닌 소형견만 키울 수 있는 나라로 빠르게 전환되고 있다. 그렇다면, 기존에 키웠던 대형견은 어디로 가는가. 그렇게 유기견들이 삶의 터

전을 지키기 위해 뭉치기 시작하여 들개 무리가 된다. 도시화가 진행될수록 버려지는 동물이 많아지는 것이고, 이제 버려진 동물들의 '역습'이 시작되었다.

재개발 시행사를 비롯해 도시개발 주체가 신경써야 할 일이 참 많지만, 유기견 문제 또한 신경써야 한다. 버려진 개가 들개가 되지 않도록, 이들을 유기견센터나 유기견 보호소로 인계할 수 있도록 따로 조치해야 한다. 물론 유기한 견주의 책임도 분명히 따져 물어야 한다. 이러한 것들이 체계적으로 시스템화되어야 할 것이다. 혹자는 반려동물보다는 들개로 자유롭게 사는 것도 좋지 않을까 하고 생각하지만, 현실적으로 우리 사회는 들개와의 공존은 불가능하다.

들개와 관련한 이슈가 많다. 이 가운데 가장 중요한 것은 들개를 어떤 주체가 관리하느냐다. '유기견-들개'의 사이클을 만든 견주도 문제지만, 이들을 방관하는 도시개발 주체와 지자체도 문제다. 들개의 역습은 결국 우리가 자처한 일이니, 들개 포획에 열을 올리기보다 들개가 만들어지지 않도록 하는 일이 더 중요하다.

# 해피엔딩

우리 가족은 가끔 인천 을왕리 해변을 찾는다. 집에서 크게 멀지 않을 뿐더러 낙조가 환상적이기 때문이다. 넓은 백사장에 다다르면 우리는 간식을 들고 60~70m 거리 양쪽에서 다온이를 부른다. 그렇게 다온이를 왕복달리기 시키며 함께 달린다.

우리의 손짓과 목소리에 신나게 뛰어다니는 다온이를 보는 우리도 기분이 좋지만, 그런 다온이를 지켜보는 주위 사람들도 입가에 미소를 띠게 된다.

그런 장면 있지 않은가. 어떤 영화나 드라마가 해피엔딩으로 끝날 때, 해 저무는 바닷가에서 반려견과 주인이 다정하게 산책하거나 원반 혹은 공을 주워 오는 엔딩신 말이다. 해피엔딩의 전형이라 할 수 있는 장면인데, 반려견과 함께 바닷가를 산책하는 것이 '행복' 혹은 '여유'를 상징하는 것이다.

반려동물 입양을 주저하는 사람들이 우리 주변에 꽤 있다. 그러나 반려동물을 입양한 후에 그 사람들은 자신도 이렇게 변할 줄은 몰랐다고, 이렇게 반려동물을 사랑하게 될 줄은 몰랐다고 소회를

밝힌다. 반려동물을 위해 시간, 에너지, 비용 등 많은 것들이 필요한 것이 사실이지만, 그보다 사람이 얻어 가는 것이 더 많다는 것이다. 그래서 반려인구가 계속 늘어나고 있는 것 아닌가 하는 생각이 든다. 치열한 각자도생의 시대에서 우리는, 그 어느 때보다도 위로가 필요하기 때문이다.

이런 말이 있다. "반려견을 바라보면 자신을 사랑으로 바라보는 또 하나의 눈을 보는 것 같다."고 말이다. 반려견의 눈 속에, 주인을 사랑으로 보는 눈, 영혼의 눈이 있다는 것이다. 과장일 수도 있겠지만, 반려인들은 이 말에 대부분 동의할 것 같다.

반려견과 함께하는 삶은 결국, 해피엔딩이 되지 않을까.

# 견우일가

최근 TV 프로에서 '신박한' 주택을 보게 되었다. 바로 '반려견 친화형 청년 공동주택'인 〈견우일가(犬友一家)〉. 서울시 서대문구에서 선보인 공공임대주택인데, 반려견 주택 전문가의 의견을 반영해 주택 설계, 자재 선택, 공간 배치 등 주택의 모든 것을 반려견 위주로 구성했다고 한다.

반려견을 양육하는 만 19세 이상 37세 이하의 청년 1인가구를 대상으로 한 공동체주택으로, 반려견이 편하게 드나들 수 있는 펫도어(pet door), 리드줄(목줄)을 걸 수 있는 고리(lead hook)를 비롯해, 산책 후 발세척 및 목욕을 할 수 있는 커뮤니티 공간부터 시작해 반려견들이 뛰어놀 수 있는 옥상 운동장까지 마련되어 있다고 한다. 심지어 반려견이 놀라는 것을 방지하기 위해 초인종을 누르면 집안에서는 불빛만 표시되도록 설계했고, 소변을 봐도 교체하기 쉽게끔 주택 밑부분만 벽지가 따로 되어 있다.

보증금 및 월세도 주변 시세보다 저렴하며, 반려견 순찰대도 조직해서 지역사회에 기여한다고 하니, 반려견과 견주의 유토피아가

사진_뉴스1

바로 여기가 아닐까.

　이런 주택에 사는 반려인은 얼마나 자신의 삶이 만족스러울까. 하루 일과가 어서 끝나 귀가하기를 고대할 것이다. 반려견 역시 행복해할 것이다.

　앞으로도 이런 반려견 친화형 공동주택 혹은 일반주택이 점차 늘어났으면 좋겠다.

# 산천어축제는 축제일까

이상기후와 코로나19로 중단되었던 강원도 화천 산천어축제가 3년 만에 재개되었다. 23일 동안 약 131만 명이 화천에 다녀갔다고 한다. CNN에 의해 겨울철 세계 7대 불가사의로 선정되기도 했다고 하니, 앞으로도 축제는 성황리에 개최될 듯하다.

그러나 최근 동물을 활용한 축제가 과연 온당한 문화인지 여러 논란이 제기되고 있다. '홀치기 낚시'에 걸려든 산천어는 눈알, 아가미, 아랫배, 턱, 꼬리 등에 미늘이 걸려 올라온다. 맨손으로 산천어 잡기는 어떠한가. 극심한 고통을 받으며 죽는 산천어를 보며 과연 '꿀잼'이라고 말할 수 있을까. 어린아이들은 고통스럽게 몸부림치며 서서히 죽어 가는 산천어를 보며 어떤 생각을 할까. 부모는 피 흘리는 산천어를 아이에게 무엇이라 설명할 것인가.

2020년 1월 '산천어살리기운동본부'는 화천군을 동물보호법 위반으로 검찰에 고발했으나, 식용 목적의 동물은 동물보호법으로 보호받을 동물에 해당하지 않으므로 산천어축제는 동물 학대로 볼 수 없다는 결정을 내려 6월 7일 이를 기각했다. 물론 '산천어살리기

운동본부'는 법원의 판단에 불복했지만 '어류 학대'를 동물보호법 위반으로 보기는 쉽지 않을 듯하다.

하지만 최근 어류도 고통을 느낀다는 연구 결과가 계속 나오고 있기 때문에, 당분간 '어류 학대'와 관련한 논쟁은 그치지 않을 것이다. 예컨대 2021년 11월에 발표된 '어류 복지에 대한 국민인식조사'에 따르면 성인 남녀 1,000명 중 89.2%가 어류를 도살할 때도 고통을 최소화해야 한다고 응답했다.

세계동물보건기구(OIE, World Organization for Animal Health) 역시 2008년부터 양식 어류에 대한 운송, 도살, 기절, 살처분 기준에 대한 권고안을 제시하고 있다. 해외 주요 국가들이 이를 따라 최소한의 보호 기준을 두고 있지만, 아직 한국에서는 '어류 복지'에 대한 사회적 논의가 부족하다. 식용 어류는 여전히 동물보호법의 동물로 적용되지 않기 때문이다.

예전에 TV 다큐멘터리에서 이런 장면을 본 적이 있다. 알래스카 에스키모들이 식량을 삼기 위해 동물을 도살할 때 단칼에 도살하고, 도살 직후 동물에 대한 예를 올린다. 몽골에서 양을 도살할 때도 마찬가지. 죽은 동물의 영혼을 달래는 동시에 그들의 희생을 감사히 여기는 것이다. 이는 생명에 대한 존중이며 '지구별'에 함께 사는 생명체로서 갖춰야 할 기본 도리라 할 수 있다.

비록 식용이라고 해도 어떤 생물이든 최소한의 고통으로 도살해야 한다고 나는 생각한다. 생명을 뺏을 뿐만 아니라 생물로부터 식량을 얻는다면 더욱 그들의 고통을 최소화하고 최소한의 예의를 다하는 것이 도리라고 생각한다. 그것이 인간다움이라고 나는 생각한다. 어떤 생물이든 생명으로서 존엄하기 때문이다.

# 장애인 도우미견

신체적 혹은 정신적으로 불편한 장애인들의 불편한 부분을 대신해 주는 '장애인 도우미견'이 있다. 시각장애인 도우미견, 청각장애인 도우미견, 지체장애인 도우미견, 치료 도우미견 등을 비롯해 최근에는 노인 도우미견도 등장했다. 외국에는 공황장애나 발작장애 도우미견 등도 있다고 하지만, 한국에서 일반적으로 쉽게 볼 수 있는 도우미견은 시각장애인 도우미견일 것이다.

이들 도우미견은 오랫동안 체계적인 훈련을 받았다. 그러나 개는 선천적으로 후각과 청각이 뛰어나다. 보통 개와 인간의 후각 차이를 100만 배 정도로 이야기하지만, 비교 자체가 불가능하다는 연구 결과도 있다. 주인의 체액, 조직, 호르몬 변화나 암세포 냄새를 예민하게 포착하여 유방암이나 폐암 등을 조기 발견하여 주인을 살렸다는 기사도 가끔 접할 수 있을 정도다.

최근 미국 일부 주와 핀란드 등에서는 해외 유입되는 코로나19 확진자를 찾기 위해 공항에 코로나19 탐지견을 배치할 정도라고 하니, 개는 인간에게 사랑을 줄 뿐만 아니라, 인간의 목숨도 살리고 있다.

그러나 한국에서 도우미견에 대한 인식은 그다지 긍정적이지 못하다. 그것은 또한 장애인에 대한 인식과 비슷하다. 최근에 많이 개선되고는 있지만, 여전히 그저 남의 일이자 나와 상관없는 일, 그래서 내 관심 밖의 '타자'가 바로 장애인과 도우미견이다. 그렇다 보니 장애인 시설은 물론이거니와 장애인 도우미견에 대한 배려보다는 무관심 혹은 혐오가 '여전히' 지배적이다.

예전에 대형 백화점에서 시각장애인 도우미견 입장이 거절된 적이 있었다. 다른 고객이 싫어한다는 이유였다. 이러한 내용이 SNS로 일파만파 퍼지자 네티즌의 강력한 항의가 이어졌고, 대형 백화점은 사과문을 게재하면서 고개를 숙였다. 반려견의 천국이라 할 수 있는 미국이나 유럽에서도 종종 일어나는 사건인데, 이는 우리가 장애인의 고통에 그만큼 공감하지 못하기 때문이다.

물론, 백화점과 같은 영업장에서 다른 고객의 눈치를 보지 않을 수는 없다. 그러나 금전적인 손해를 감안하더라도, 영업장에서부터 인식의 전환이 일어나야 하지 않을까. 그래야 일반 시민의 인식도 뒤따라 전환되지 않을까.

한 사회의 성숙도를 측정할 수 있는 척도를 나는 다음의 두 가지 것으로 생각한다. 바로 장애인에 대한 배려와 반려문화이다. 장애인 도우미견은 이 두 가지 문제를 동시에 갖고 있다. 장애인 도우미견을 알면서도 배척하거나 입장을 거절하고 그러한 입장에 눈살찌푸리는 사회는 여전히 미숙한 사회인 것이다.

과연 한국은 얼마나 성숙했을까.

# 동물 학대

최근, 잔인한 범죄를 저지른 범죄자를 체포하게 되면 가장 먼저 검사하는 것이 있다. 바로 반사회적 인격장애 여부를 알아보기 위한 사이코패스 테스트가 그것이다. 유명한 살인자 유영철(40점 만점 38점), 이은해(31점), 강호순(27점) 등은 사이코패스로 진단받았지만, 또 모든 범죄자가 꼭 사이코패스는 아니다.

최근 스토킹 살인을 한 범죄자는 사이코패스가 아닌 것으로 진단되었고, 다른 범죄자들 역시 꼭 사이코패스로 판정받지는 않는다. 결국, 성격 장애와 범죄와의 관련성을 성급하게 일반화시켜서는 안 된다는 것이다.

그러나 사이코패스 테스트보다 더 확실하게 범죄와 관련성이 높은 것이 하나 있으니, 바로 '동물 학대'다. 동물 학대가 대인 범죄로 전이 가능한지, 연관성이 높은지는 여전히 갑론을박 중이지만, 동물 학대자는 잠재적 범죄자가 될 확률이 높다는 점에는 어느 정도 의견이 일치한다. 동물 학대는 폭력을 습득하는 학습 과정일 수 있기 때문이다. 이 폭력성은 학습에 의해 보다 강해지면서 인간에 대

한 폭력성으로 연결될 수 있다는 것이다.

최근, 동물 학대 범죄 양형을 '합리화'하려는 정책적 움직임이 활발하다. 쉽게 말해, 동물 학대 사건에 대한 양형 기준이 국민의 눈높이에 맞지 않다는 것이다. 왜냐하면 동물은 한국에서 여전히 '생명'이 아니라 '재산'이기 때문이다. 그나마 '동물보호법'이 제정(1991년 제정, 2010년 일부 개정)되었지만, 동물보호법상 동물을 잔인하게 살해하면 최대 형량이 징역 3년에 불과한데, 이는 재물손괴죄(징역 3년 이하)와 비슷하다.

이에 따라 동물 학대자를 강하게 처벌하려면 재물손괴죄를 적용해야 동물보호법보다 형량을 조금이나 높일 수 있다. 그래서 최근에는 동물 학대, 동물 증오 범죄에 대한 양형을 높여 달라는 국민 정서가 점차 높아지고 있다.

따라서 나는 '동물보호법'의 수준이 아닌, '동물복지법'이 만들어져야 한다고 생각한다. 아니나 다를까, 농림축산식품부는 2023년 1월 6일 '동물복지 강화 방안'을 발표하면서 2024년에 법안을 발의한다고 밝혔다. 그러나 이 '강화 방안'이 동물 복지에 얼마나 현실적으로 실효성이 있을지는 그 누구도 장담하기 어렵다. 여론 수렴과 더불어 촘촘한 사회 시스템이 정비되어야 할 것이다.

이제 우리는 동물을 보호하는 것을 넘어서, 동물의 복지를 생각해야 한다. 함께 살아야 하기 때문이다.

# 유기는 범죄다

어느 여름에 충청도 태안에 휴가차 반려견 동반 펜션에 가게 되었다. 아이들이 잘 알아본 덕분이었다. 그다지 멀지 않은 거리라 차량을 이용하여 펜션을 향했다. 그렇게 펜션에 도착한 우리는 반려견 동반 펜션답게 펜션 초입부터 손님들을 안내하는 반려견의 마중을 접했다. 신기할 따름이었다. '안내견'을 따라 펜션 주인이 있는 곳으로 가게 되었고, 펜션 안내사항에 따라 짐을 풀게 되었다.

나는 손님을 안내하는 반려견이 하도 신기해서 주인에게 이것저것 물었다. 그런데 주인이 말하기를, '안내견'은 실은 '유기견'이었다는 것이다. 자신이 운영하는 펜션 주변에 어떤 사람이 반려견과 함께 왔는데, 말도 없이 반려견을 유기하고 떠났다는 것이다. 물론, 여러 경로를 통해 반려견 주인을 찾으려고 했으나 끝내 견주와 연락이 닿지 않았다고 한다.

아마 펜션 주인도 알 것이다. 유기견을 유기견보호센터로 보낸다고 해서 쉽게 입양되기도 어려울 뿐더러, 특히나 덩치가 크거나 성견(成犬)은 더욱더 입양이 어렵다는 것을. 그래서 주인은 자신이 직접

'유기견'을 돌보기로 작정했을 것이다. 그렇게 '유기견'은 '안내견'이 되었을 것이다.

2022년 상반기 통계에 따르면, 전국에 280곳의 유기견 보호소가 있고 연간 12만 마리 가까운 유기견이 발생하고 있다고 한다. 이 가운데 주인으로 돌아가는 경우가 12%, 입양되는 경우가 26%, 자연사 25%, 안락사 22% 정도가 된다고 하니, 유기견 문제는 최근 한국 사회에서 매우 심각한 문제가 되어 가고 있다.

선불리 입양했다가 배변훈련도 제대로 시키지 못해서 혹은 경제적인 사정으로 버려지는 반려견이 상당하다고 하니, 올바른 인식과 함께 이에 대한 현실적인 정책도 필요해 보인다.

조금은 강력하게 말해야겠다. 유기는 범죄다! 유기라는 상황이 아예 만들어지지 않도록 하든가, 아니면 유기에 대한 정책과 처벌을 촘촘히 설계하든가, 둘 중 하나 이상은 꼭 해야 할 것이다.

# 반려동물 장례식장

　반려동물은 인간에 비해 수명이 매우 짧으니, 반려동물이 '무지개다리'를 건널 때가 언젠가는 반드시 온다. 오랜 시간 가족과 다름 없이 우리와 함께 지냈으니 사망한 반려동물을 일반 쓰레기봉투에 담거나 땅에 묻는 것을 원하는 반려인은 아마 없을 것이다.

　내가 잘 아는 지인 중 하나는 시츄를 15년 동안 기르다가 결국 무지개다리로 강아지를 떠나보내게 되었는데, '3일장'을 치를 정도로 힘들었다고 한다. 펫로스증후군과 관련한 상담도 받았다고 하니, 반려동물의 죽음은 반려인에게는 크나큰 고통이 아닐 수 없다.

　혹자는 유난을 떤다고 비판할 수도 있겠지만, 오랜 시간을 가족과 같이 또는 가족보다 더 가족처럼 지내왔으니 '애도'의 시간을 갖는 것을 무작정 비난하는 것은 문제가 있어 보인다.

　그래서 대부분의 반려인은 반려동물이 사망하면 '반려동물 장례식장'을 찾아 애도의 시간을 갖는데, 문제는 장례식장이 업체마다 천차만별이라는 것이다. '동물장묘업'으로 정식 허가받았는지, 전문 반려동물 장례지도사가 있는지도 확인해야 한다. 정식 허가를 받지 않은 곳은 모두 불법이기 때문이다.

현재 농림축산부가 운영하는 〈동물보호관리시스템〉 홈페이지에 들어가면 허가받은 반려동물 장례식장을 확인할 수 있다.

문제는 허가받은 장례식장이 그렇게 많지 않다는 것이다. 현재 수도권 22곳을 비롯해 전국적으로 68곳이 허가받은 '장묘업'을 시행하고 있는데, 반려인 1,500만 명 시대라는 것을 감안하면 턱없이 부족하다.

반려동물이 무지개다리를 건너는 일도 가뜩이나 힘든데, 장례식장을 찾아 헤매기까지 해야 하는 사람들의 이야기를 웹상에서 쉽게 찾아볼 수 있으니, 전국 곳곳에 허가된 장례식장이 지금보다 많아졌으면 한다.

# 취약계층의 반려동물

2021년 9월 15일, 서울시가 반려동물과 함께 사는 취약계층을 지원하는 '우리동네 동물병원' 사업을 시작했다. 반려동물 필수의료를 지원해서 반려동물을 기르는 취약계층의 부담을 줄이면서 동시에 동물보호를 강화하겠다는 목적이다. 기초생활수급자, 차상위계층 등에 해당하며 기초 건강검진, 필수 예방접종, 심장사상충 예방약 같은 반려동물 필수의료를 지원해서 반려동물과 함께 건강한 삶을 누릴 수 있도록 하려는 것이다. 아무래도 반려동물이 취약계층을 비롯한 우리 사람에게 반려자로서 삶에 보다 긍정적인 영향을 주고 있기 때문일 것이다.

최근에는 서울시 각 구에서 취약계층 반려동물 진료비를 지원하는 정책을 보다 폭넓게 시행하고 있다. 최대 20~50만 원까지 지원하는 이 정책은, 경제 사정으로 인해 반려동물의 건강을 돌볼 수 없는 안타까운 상황을 타개하기 위한 조처로 보인다.

최근에 내 지인이 이러한 정책을 듣고, 사람도 제대로 병원에 가지 못하는데 굳이 동물까지 그래야 하나 하면서 의구심을 갖기도

했지만, 곧 이 정책의 필요성을 깨달았다고 한다.

서울시뿐만 아니라 일부 지자체에서도 취약계층의 반려동물 진료비 일부를 보조해 주는 정책을 펼치고 있다고 하니, 앞으로도 이런 정책이 더욱 확대되고 보완되어야 할 것이다.

이에 따라 좀 더 생각해 보면, 지자체에 선출직 단체장이 있기 때문에 이러한 정책이 만들어지고 시행될 수 있지 않았나 하는 생각이 든다. 임명직 단체장과 비교하여 선출직 단체장에 대한 비판 역시 존재하지만, 선출직 단체장이 지자체의 살림을 맡는 것이 당장은 효율성이 떨어지더라도 오히려 과감한 혁신으로 장기적으로는 사회적 비용을 줄일 수 있을 것이다. 이런 과정 자체가 바로 민주주의가 아닐까.

취약계층의 반려동물까지 배려하는 것, 성숙한 민주주의를 보여 주는 하나의 척도라고 생각한다.

# 강아지 평등교육

우리 가족은 모아를 입양하면서 다온이와 모아와의 관계에 대해 깊이 고심해야 했다. 모아가 집에 들어왔을 때 다온이가 모아에게 애정과 관심을 빼앗겼다는 상실감을 주면 안 되고, 모아 역시 새로운 환경에서 다온이 때문에 주눅이 들지 않도록 신경써야 했다. 혹시라도 이른바 '서열 싸움'이 생겨서 갈등이 생길까 봐 조마조마했다.

그래서 모아를 데려온 날부터 아들아이는 모아와 다온이를 훈련시키기로 했다. 거실 양쪽에 강아지 방석을 두고 방석에 다온이와 모아를 각각 앉혔다. 그리고 나서 번갈아 가며 간식을 주었다. "모아는 기다려!", "다온이 기다려!" 하고 말하면서, 다온이 먹은 다음 모아가 먹고, 다시 다온이 먹고 다음 모아가 먹고….

이렇게 순서대로 주면, 서로가 다음이 나의 차례라는 것을 알기 때문에 싸우지 않는다고 한다. 이것이 바로 '강아지 평등교육'인데, 다온이가 아무래도 나이가 많으니 다온이에게 먼저 어떤 것을 제공하고 그다음에 반드시 모아에게 제공하는 것이다. 이렇게 되면

모아는 당연히 다온이가 자기보다 먼저라는 것을 인정하게 되면서 다온이에게 질투심을 느끼지 않을 것이다.

이후로 지금까지 다온이와 모아가 먹이와 간식 때문에 싸우거나 으르렁거리지 않는다. 다만, 모아의 밥은 양이 적으므로 다온이가 밥을 다 먹을 때까지 기다렸다가 다온이가 자리를 뜨면, 모아는 다온이의 밥그릇에 가서 혹시 남은 사료 부스러기를 먹기도 하지만, 그렇다고 해서 모아가 다온이의 식사 시간을 침범하지는 않는다. 물론 모아는 아직도 다온이의 장난감을 빼앗아 가지만 다온이가 크게 화를 내지 않으니 그것은 참 다행이다.

생각건대, 비록 강아지들 간의 '평등교육'이지만 이것 역시 인간 사회와 크게 다르지 않다. '평등교육'이 바로 기회의 균등 아닐까. 불평등이야말로 갈등을 유발하는 가장 기본 요소인데 기회가 균등하게 주어진다면 불평등의 문제는 상당히 해소될 것이다. 당연히 기회의 균등과 더불어 실현의 균등 또한 주어져야 할 것이다.

과연 우리 한국 사회의 평등교육 수준은 어느 정도일까. 저쪽에 하나 주었으니 다음에는 내게도 주겠지 하면서 얌전히 기다리게 하는 강아지 평등교육 속에는 인간사회의 갈등을 해소하는 단순명료한 원리가 자리하고 있다.

6부

# 반려견 놀이터

최근 '펫팸족(pet-family)'이라는 신조어가 생겼다. 펫(pet)과 패밀리(family)를 합친 말로, 동물을 가족처럼 생각하며 살아가는 반려인을 일컫는 말이다. 그만큼 반려동물을 키우는 반려인이 늘어났다는 것이다. 이러한 펫팸족의 증가로 '펫코노미(pet-economy)', '펫테크(pet-tech)'와 같은 신조어와 함께 반려동물과 관련한 산업이 급성장하고 있다.

그럼에도 불구하고 한 통계에 따르면, 한국에서 반려견이 첫 번째 보호자와 '무지개다리'를 건널 때까지 함께할 확률이 12%밖에 되지 않는다고 한다. 1~5년 미만이 69%로, 5년 안에 다른 곳으로 입양되거나 버려진다는 것이다. 현재 한국 반려문화의 맹점을 여실히 보여 주는 통계가 아닐까 한다.

따라서 반려동물을 입양할 때 정말 신중하고 철저한 검증과 사회 시스템이 절대적으로 필요하다. 한 생명체 또는 새로운 가족을 맞이하는 일이라는 점에서 신중에 신중을 기해야 한다. 아마도 한국의 이러한 통곗값은 반려동물을 입양하기 쉬운 사회구조적 문제에서 기인할 것이다.

    반려동물을 대량 공급할 수 있는 소위 '공장'이 없어져야 하며, 반려동물 '매매'도 점차 금지하는 방향으로 가야 할 것이다. 반려동물을 입양하기 앞서 필수 교육 이수는 물론이거니와, 반려인으로서 자격이 있는지 소양을 확인하는 검증체계도 갖춰져야 할 것이다. 마치 독일처럼 말이다.

    귀여워하고 예뻐하기만 했던 '애완(愛玩)동물'을 키우던 시대는 지났다. 소유하고 지배의 대상으로 삼았던 동물이 아니라, 우리 인간이 정서적으로 의지하며 서로 함께 살아가는 '반려동물'의 시대가 도래했다. 반려동물이 가족과 같은 존재로 여겨지는 만큼, 그에 상응하는 문화와 책임감이 뒤따라야 할 것이다.

# 반려견 놀이터

주말에 나는 가끔 다온이를 데리고 집에서 가까이 있는 보라매공원의 반려견 놀이터를 찾는다. 24시간 연중무휴로 중/소형견과 대형견 놀이터가 따로 분리되어 있어 다온이가 리드줄을 풀고 뛰어놀기에 부족함이 없는 곳이다. 주말에는 특히 많은 반려견이 놀이터를 찾는데, 평소에 보기 어려운 멋진 대형견을 볼 수 있어 반려인과 비반려인 모두 눈요기까지 제대로 할 수 있다.

비반려인도 늠름한 자태를 보이는 멋진 개나 작고 귀여운 강아지들이 뛰어노는 모습을 흥미로운 표정으로 구경하는 것을 쉽게 볼 수 있다. 모두가 강아지들을 보면서 평화로움을 만끽하는 동시에 먼발치에 웃음 짓는 곳이 바로 반려견 놀이터가 아닐까 한다.

그러나 반려견 놀이터는 한국에 생각보다 많지 않다. '공립 반려견 놀이터'는 2023년 2월 기준으로 경기 22곳, 서울 10곳, 강원 5곳, 부산 3곳, 대전 2곳, 총 42곳이 전부다. 서울과 경기 지역에 반려견 놀이터가 치우쳐 있는 것도 문제지만, 나머지 지역은 아예 없다.

최근에 개장한 반려견 놀이터는 반려견이 놀 수 있는 '저니브릿

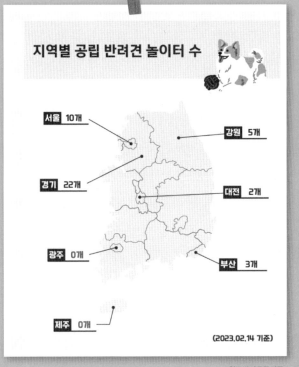

지역별 공립 반려견 놀이터 수

서울 10개
강원 5개
경기 22개
대전 2개
광주 0개
부산 3개
제주 0개

(2023.02.14 기준)

한국반려동물신문

지'나 '어질리티(장애물 통과)' 등이 갖춰져 있지만, 대체로 반려견이 뛰어놀 수 있는 마당(잔디밭)이나 산책길이 전부다. 물론 사설이 운영하는 '반려견 테마파크' 등도 있지만, 도심지에서 멀리 떨어져 있을 뿐더러 부대비용을 비롯해 입장료도 만만치 않다.

이 가운데 나는 서울의 한강공원을 주목했는데, 난지한강공원부터 시작해 선유도공원, 여의도한강공원, 반포한강공원 등 한강변을 따라 꽤 넓은 규모의 공원이 서울 한복판에 자리하고 있다. 평일 오후나 주말에는 특히 반려견을 앞장세운 반려인 산책을 쉽게 찾아볼 수 있는데, 드넓은 잔디밭이 있음에도 불구하고 따로 지정된 반려견 공간은 없다. 여기에 반려견 놀이 공간 하나쯤은 있어도 좋겠다는 생각이다.

2년여 전 나는 평소 알고 지내는 영등포구청장에게 여의도한강공원에 반려견 놀이터가 있으면 좋을 것 같다는 제안을 했었다. 내 제안을 따라 영등포구는 긍정적으로 검토했으나, 주민 민원 문제에서 자유로울 수 없다는 판단에 무산되었다고 한다. 아무래도 반려견 놀이터가 있으면 강아지들이 시도 때도 없이 짖으면서 소음 문제나 위생 문제 등이 발생할 것을 우려하는 주변 아파트 주민들의 이야기가 있었다고 들었다.

그러나 한강공원은 서울시 소관인 만큼 서울시가 한 번 긍정적으로 검토해 볼 만하다고 생각한다. 한강공원에 반려견 놀이터가 하나 정도 있는 것이 오히려 당연하다는 생각이다. 적절한 위치에 반려견 놀이터가 주민들에게 피해를 주지 않는 선에서 만들어진다면 반려인뿐만 아니라 한강공원을 찾는 대부분의 시민에게도 좋은 볼거리가 될 수 있을 것이다.

반려인이 점점 늘어 가는 추세는 한동안 계속될 것 같으니, 반려견 놀이터가 지금보다 더 많아질 것으로 기대한다. 조금만 더 세심하게 신경쓴다면 비반려인들에게 피해를 주지 않으면서도 반려동물과 공존하는 방법이 많을 텐데… 여전히 아쉬운 일이다.

# 코끼리도 장례식장에 간다

  세계적인 동물학자 케이틀린 오코넬이 최근 「코끼리도 장례식장에 간다」라는 책을 발매했다. '동물들의 10가지 의례로 배우는 관계와 공존'이라는 부제가 붙었는데, 이 책은 우리 인간의 기원과 본성을 야생동물에게서 찾고 인간의 가장 기본적인 본능이라 할 수 있는 '관계 맺기'를 여러 동물을 통해 서술하고 있다.

  동물 간의 인사나 구애 그리고 애도 등을 통해 우리는 동물 사회가 얼마나 인간 사회와 비슷한지 확인해 볼 수 있다. 동시에 나는 이 책을 읽으면서 생명에 대한 존중과 경이로움을 새삼 느끼게 되었다. 특히 나는, 동물 사회의 집단 의례를 보면서 관계의 중요성 그리고 공동체와 공존의 가치가 얼마나 소중한지 다시 한 번 깨닫게 되었다. 소위 '약육강식'의 세계라고 일컫는 야생에서도 동물들은 각자의 자리에서 대자연을 비롯해 다른 동물과 공존하는 방식으로 살아가니, 우리 인간은 얼마나 어리석은가. 지금도 세계 여러 나라가 전쟁과 내전으로 서로를 파괴하고 있으니….

  동물들도 의례가 있다니. 우리가 얼핏 생각하기에 동물들은 본능

에 따라 생존을 위한 행동만 할 것 같지만, 책에 따르면 동물들도 나름의 의례를 갖춘다. 인사하거나 선물을 주기도 하고 같이 놀기도 하며 여행을 떠나기도 한다. 인간이 생각하기에, 왜 해야 하는지 알 수 없는 의례들이지만, 동물들에게는 그것이 하나의 습관이자 문화라 할 수 있다. 얼마나 인간의 상상력이 빈약한지 알 수 있는 대목이자, 우리 인간이 앞으로 어떻게 살아가야 할지 잘 보여 주는 대목이라 할 수 있다.

우리 곁에 있는 반려동물을 한번 보자. 얼마나 많은 의례를 갖고 있는지, 그리고 얼마나 많은 몸짓 언어로 우리 인간에게 인사하고 선물하며 애도하는지. 동물이든 인간이든 함께 공존하기 위한 노력이 그 어느 때보다 절실한 요즘이다.

# 늦은 만큼 제대로

영국은 1822년 동물 학대를 금지하는 법안(더 마틴)을 의결하였고, 미국은 1871년 동물복지법을 제정했다. 뒤이어 프랑스를 비롯한 선진국들은 20세기에 이르러 동물보호법을 제정했지만, 한국에서 동물보호법이 제정된 것은 1991년이다.

1935년 자신이 키우고 있는 고양이를 창밖으로 던져 죽여서 20일간의 징역형을 받고 이후로 동물을 절대 키울 수 없다고 선고받은 영국의 일화가 1935년 조선일보에서 가십으로 소개된 바가 있을 만큼, 한국은 한참이나 늦었다.

2023년 1월 6일 한국 정부는 '동물복지 강화 방안'을 발표하면서 2024년에 동물복지법 법안을 발의한다고 밝혔지만, 조금 더 가속화시킬 필요가 있다. 물론, 늦게 출발했다고 급하게 따라갈 필요는 없다. 성급하게 제정한 법안은 오히려 수많은 부작용을 일으킬 뿐이다. 그러나 1,500만 명 반려인 시대에서 동물보호 관련 법안이 현실과 반려문화에 한참이나 뒤처져 있는 지금, '나무늘보식'으로 천천히 추진하는 것은 바람직하지 않다는 생각이다.

다른 선진국들로부터 동물보호와 관련한 법안과 사례는 충분히 데이터로 쌓였으니, 이를 연구하고 검토하면 보다 촘촘한 사회 시스템을 구축할 수 있을 것이다. 사회적 공감대가 어느 정도 형성된 수준에서, 혹은 부족한 부분은 충분한 논의를 거쳐 사회적 공감대를 이룬 뒤에 적정한 동물복지법을 갖춰야 할 것이다.

반려동물을 비롯하여 우리 주변에 있는 모든 생물체를 존중하는 일은 우리 미래를 위한 일이면서 동시에 가장 기본이 되는 가치라 할 수 있으니, '늦은 만큼 제대로' 동물복지법이 제정되었으면 하는 바람을 가져 본다.

# 인도주의적 안락사?

　현행법상 지자체 동물보호소에 입소한 유기동물은 7일 이상 보호 사실을 공고해야 하고, 공고 이후 10일이 지나면 지자체가 소유권을 취득할 수 있도록 규정되어 있다. 소유권을 취득한 지자체는 동물보호법 제22조(동물의 인도적인 처리 등) 1항에 근거하여 농림축산식품부령으로 정하는 사유(기증 또는 분양이 곤란한 경우)로 유기동물을 안락사(安樂死)할 수 있는 법적 권리를 갖게 된다.

　따라서 동물보호소에 입소한 유기동물은 17일간 입양 문의가 오지 않으면 상당수 안락사된다고 한다. 유기된 상태에서 구조가 된다 한들 또다시 생사기로에 설 수밖에 없다는 것이다. 비교적 어리거나 건강하면 입양을 기대해 볼 수 있지만, 그 기회조차 얻기 어려운 것이 현 실정이다.

　'인도적 처리'라는 법 조항도 허점이 많다. 동물을 최소한의 고통으로 단시간에 죽음에 이르게 해야 하지만, 근육이완제나 심정지 약물을 과다 주입해 고통에 몸부림치다가 죽음에 이르게 하는 행위가 빈번하다고 한다. 그러나 이를 처벌할 규정조차 미비하다.

동물 관련한 TV 프로그램에서 열악한 상황을 감내하며 유기동물을 구조하는 것을 종종 보게 된다. TV 시청자가 많으니 프로그램에 나온 유기동물은 입양이 조금은 수월하겠지만, 이런 극소수의 사례를 제외하고는 유기동물 대부분은 안락사 순서를 기다리게 될 것이다.

2022년 통계에 따르면, 1년 동안 약 12만 마리의 유기동물이 발생했고, 안락사 17%, 자연사 27%, 반환 12%, 보호 12%, 입양 30%로 유기동물이 처리된다고 한다. 입양이 유기를 한참이나 따라가지 못하니 빠듯한 예산으로 운영되는 각 지방 동물보호소의 난처한 입장을 모르는 것은 아니지만, '안락사'에 대한 인식은 반드시 문제 삼아야 한다고 생각한다.

우리는 소위 '인도주의적 안락사'라는 용어를 쓰면서 어쩔 수 없다는 이유로 유기동물의 목숨을 **빼앗지만**, 이들 자신의 목숨에 대한 권리를 우리가 과연 **빼앗을** 자격이 있을까. 버린 것도 모자라 생명까지 **빼앗다니** 말이다. 이것은 예산⁽ᵈᵒ⁾의 문제가 아니라 생명 존엄의 문제다. 지구별에서 동물의 생명이 인간의 생명보다 결코 가볍지는 않을 것이다.

# 또 다른 생명력

어느 날, KBS1 TV 〈인간극장〉에서 박해원, 곽용률 부부의 일화를 보게 되었다. 10년 전 간암 3기 판정을 받은 박해원 씨는 항암치료를 받을 무렵, 남편 곽용률 씨의 권유로 요양차 거제도로 내려가 '크림'이라는 유기견을 만나게 되면서 인생이 완전히 바뀌기 시작한다. 크림이가 갑자기 세상을 떠난 뒤 크림이가 남긴 새끼들을 통해 위안을 받은 박해원 씨는 결국, 5년 뒤 간암 완치 판정을 받았다고 한다.

이에 박해원 씨는 길거리를 떠도는 개와 고양이를 하나, 둘 집으로 데려와 키우기 시작했고, 안락사를 앞둔 유기견과 유기묘도 구조하면서 지금은 약 100여 마리의 유기동물을 돌보고 있다고 한다. 죽음의 문턱 앞에서 생명체를 돌보면서 또 다른 생명력을 얻게 된 것이니, '기적'이라는 표현 외에는 이를 달리 표현할 방법은 없어 보인다.

박해원 씨는 외국 유학을 마치고 돌아와 경영, 마케팅 전공 교수가 되었고, 입시학원 원장이었던 곽용률 씨 역시 전도유망한 사람이었다. 그러나 병마 앞에서 두 부부 모두 속수무책이었다. 그러한 가운데 절망을 딛고 일어서게 한 원동력이 바로 유기동물을 돌보는 일이라는 것이다. 이들은 마침내 거제도에 '애지중지쉼터'라는 유기동물보호소를 운영하면서 유기동물의 생명을 보살피는 일에 부부 삶의 전부를 바치고 있다고 한다.

박해원 씨가 안락사가 임박한 임시 보호소에 가서 유기견을 구출해 오는 이야기가 방송에 잠깐 나왔다. 안락사하는 곳에 서둘러 갔는데, 1호실에 들어가야 하는데 장소를 착각해 2호실에 갔더니, 10마리의 유기견이 사체가 되어 있었다는 장면을 잊을 수 없다는 것, 사람이 찾아가니 안락사 직전의 반려견들이 그렇게 꼬리치며 반가워했다는 말은, 나 역시 오래 기억할 것 같다.

우리는 보통 추상적으로 안락사를 생각한다. 상상조차 하기 싫고, 죄의식을 느끼고 싶지 않기 때문일 것이다. 그러나 박해원 씨의 말을 통해 나는 안락사의 장면을 구체적으로 생각해 볼 수 있었다. 마음 한구석이 저릴 정도로 안락사 장면이 머릿속에 그려졌다. 그들은 죽기 직전까지 사람을 보고 꼬리를 흔들 것이다.

아무 죄의식 없이 유기동물을 안락사시킬 권한이 우리 인간에게 과연 있을까. 이는 나치가 포로수용소에서 '인간 학살'한 것과 무엇이 다를까. 이런 생각을 하게 되는 나 자신이 감정 과잉일지도 모르겠지만, 어쨌든 너무 참혹한 것 같다. 또 다른 생명력을 주는 반려동물의 생명을 우리가 빼앗는다니, 정말 심각하게 생각해 볼 문제다.

# 국립공원 반려동물 출입금지

    최근 반려인 증가에 따라 국립공원에도 반려동물과 동반할 수 있게 해 달라는 민원이 지속적으로 제기되고 있다. 다른 선진국들은 이미 예전부터 국립공원에 반려동물과 동반 입장하는 것이 허용되어 있으나, 한국에서는 여전히 '출입금지'로 되어 있다. 반려동물 동반 문의에 국립공원공단에서는 다음과 같은 답변을 내렸다.

    국립공원 내 반려동물 동반출입을 금지하고 있는 이유는 반려견 병원체가 국립공원 생태계에 미치는 영향에 관한 연구에서 실제 해외 사례를 살펴보면, 개는 토착동물에게 기생충과 병원체를 옮길 가능성이 높으며, 아프리카 탄자니아에서는 개 디스템퍼 바이러스 전염으로 인해 세렝게티국립공원 사자 개체수의 30%가 폐사하는 육지 동물 개체수 감소의 대표적 사례로 보고되고 있습니다. 또한 반려견은 지속적인 관리(면역력 저하 시 항생제 투여 등)를 받는 반면, 야생동물은 상대적으로 외부 질병 감염에 취약할 수밖에 없어 질병 감염 시 치명적인 결과를 보일 수 있습니다.(2022. 12. 22. 국립공원 환경관리부 답변-국립

공원 공식 홈페이지 국민소통)

일단 반려동물 동반 입장에 대한 비반려인의 부정적인 인식 때문에 국립공원에 반려동물과 동반 입장이 불가능한 것은 아니라는 입장을 보였다. 그래도 예전보다 진일보한 답변인 듯하다.

그런데 반려견이 토착동물에게 기생충과 병원체를 옮길 수 있고 특히 개 디스템퍼 바이러스 전염으로 야생동물에게 피해를 주었다는 답변은 이해하기 어렵다. 우선 반려동물은 예방접종 등을 통해 야생동물보다 훨씬 더 위생적이고 건강하다. 세렝게티국립공원에서 바이러스를 옮겼다는 개의 경우에도 반려견이 아니라 사실상 유기견에 다름없는 개들이 옮겼을 가능성이 높지, 사람이 기르는 반려견이 옮겼을 가능성은 적을 것이라는 추론을 쉽게 할 수 있을 것 같다. 오히려 반려동물을 데려 왔다가 유기할 가능성이 문제가 된다면 더 문제가 될 것이다.

그러나 이 문제 또한 입출입을 철저하게 관리하면 해결될 문제로 보여진다. 예컨대 사찰의 경우 반려동물 출입을 허용하는 곳이 있고 허용하지 않는 곳도 있다. 문화재로 지정된 사찰은 대부분 반려동물 출입을 막지만, 엄격하게 입출입을 관리하면서 반려동물 출입을 허용하는 사찰이 점점 늘어 가고 있다.

대체로 우리는 관습적으로 혹은 손쉽게 반려동물이 비반려인에게 불편이나 혐오를 줄 수 있고 배변과 유기의 문제 때문에 반려동물이 국립공원에 입장하는 것을 꺼려할 것이다. 그러나 이러한 관습적인 시선은 이제 공론화의 장으로 끌고 와서 과학적인 근거가 명확한지, 근본적인 검토를 해야 할 때가 되었다고 나는 생각한다. 반려인과 반려견도 국립공원에서 자유를 누릴 권리가 있지 않은가.

물론 이에 따른 기본시설이 먼저 갖춰져야 할 것이다. 예컨대 예전에 TV에서 방영한 〈캐나다 체크인〉처럼 공원 곳곳에 펜스(울타리)를 쳐서 반려동물이 일정 경계를 넘어가지 못하도록 해야 할 것이다. 또한, 국립공원 전체 입장이 어렵다면 일정 구획을 설정하여 반려동물과 동반 가능한 트레킹 코스를 만드는 것도 묘안이 될 것이다.

국립공원 측의 반려동물 입장 금지 이유를 들어보니, 오히려 국립공원에 반려동물을 입장 금지시킬 이유가 없다는 생각이 들었다. 국립공원이 좀 더 혁신적인 사고로 운영을 개선할 필요가 있다. 이제 이런 논의들이 앞으로 활발해질 필요가 있다.

# 동물은 물건이 아니다

'강아지공장'이라는 곳이 있다. 정식 명칭은 '개번식장'이다. 열악한 환경과 부도덕함이 반려동물 관련 프로그램에서 자주 방영되고 고발되었지만, 여전히 '성업' 중이다. 심심치 않게 기사로 접하게 되는 강아지공장의 처참함과 공장을 운영하고 있는 주인의 뻔뻔함은 많은 이들의 공분을 사기에 부족함이 없지만, 그때뿐이다. 왜 이런 말도 안 되는 강아지공장이 한국에서 버젓이 운영되고 있을까.

이유는 간단하다. 수요가 있기 때문이다. '펫숍(pet shop)'에서 강아지를 사려는 사람이 있으니, 펫숍은 소비자에게 판매하기 위한 강아지가 필요하다. 그래서 펫숍은 경매장에서 강아지를 경매해 온다. 그리고 그 경매장으로 강아지를 '공급'하는 곳이 바로 강아지공장이다.

물론, 그때그때마다 유행하는 견종이 있어 유행에 따라 강아지공장이 그에 알맞은 공급을 한다고 한다. 악순환이 아닐 수 없다. 그래도 다행인 것은 최근 반려동물을 입양해야 한다면 유기견과 유기묘 혹은 가정견과 가정묘를 입양하자는 캠페인이 조금씩 확산

중이라는 것이다. '강아지공장-경매장-펫숍'이라는 악순환을 끊어낼 강력한 법적 조치가 필요하다.

동물보호 관련 법안을 잘 만든 독일을 비롯한 중북부 유럽에서는 '퍼피밀(Puppy mill)', '도그 팩토리(Dog Factory)' 등과 같은 '번식공장'은 모두 불법이다. 미국에서도 강아지공장의 심각한 폐해가 언론에 공개된 뒤 2011년부터 규제가 강화되고 있다.

특히 2013년 영국 웨일스에서 번식공장에서 학대받다가 구출된 '배터리 도그(Battery dog, 번식을 목적으로 살아가는 개)' 루시(Lucy)가 큰 이슈가 되면서 본격적으로 번식공장 문제가 수면 위로 드러났다. 구조 당시 루시는 말도 안 되게 반복되는 임신과 출산으로 최악의 건강 상태를 보이다가 결국 구조 18개월 만에 무지개다리를 건넜다고 한다.

이후 영국은 루시와 같은 안타까운 상황을 막기 위해 2018년 8월, 6개월령 이하 강아지와 고양이를 제3자(펫숍)가 판매하는 행위를 원천 금지하는 '루시법'을 발표하고 2020년 4월부터 법이 시행되었다. 그렇다면 한국은 어떠한가.

2016년 동물자유연대가 강아지공장의 참혹한 모습을 폭로하면서 2017년 동물보호법 개정을 촉발시켰지만 강아지 생산판매 관련 협회의 무수한 압력으로 인해 결국, '관련 산업 허가의 강화' 정도로 그치면서 판매와 거래를 원천 금지했던 영국과 다른 길을 걷게 되었다.

2022년 11월 경기도 연천군에 있는 강아지공장에서 강제 출산으로 자궁이 빠져나온 채 숨진 강아지를 고발한 '동물권행동 카라'의 폭로가 한동안 국민을 충격에 빠뜨렸다.

동물권행동 카라는 그 숨진 강아지의 이름을 영국의 루시와 같이

'루시'로 부르기로 했다. 번식업자에게 왜 그동안 루시를 치료하지 않았냐고 물었을 때, 번식업자는 손으로 장기를 밀어넣었는데 또 튀어나왔다는 식으로 대답했다고 한다. 그런데 이곳은 불법 번식장이 아닌, 지자체로부터 '동물생산업' 허가를 받아 영업하는 곳이었다. 매년 점검을 받을 의무가 있는데, 과연 그동안 제대로 된 점검이 이뤄졌을까.

가장 최근에는 경기도 양평의 한 주택에서 번식업자로부터 마리당 1만 원씩을 받아 번식장에서 폐기처분될 개들을 데려와 굶겨 죽였다는 기사도 나왔다. 주택 마당에 1,200여 구의 개 사체가 방치되어 있다고 한다. 천인공노(天人共怒)할 일이 아닐 수 없다.

그런데 이미 2021년 10월 법무부가 '동물의 비물건화를 위한 민법 개정안'을 입안하였다. 민법 제98조의2로 "동물은 물건이 아니다." 라는 조항을 신설하는 법안을 마련했지만, 실망스럽게도 2023년 지금까지 상정조차 되지 않은 채 국회에 계류 중이다. 그나마 10여 명의 여야 의원이 소속된 '동물복지국회포럼'이 2015년 창립된 이후 동물 복지와 관련한 다양한 정책을 제안하고 입법활동을 하고 있지만, 여전히 민법 개정안은 국회에서 먼지만 쌓이고 있다.

국회에서 입법활동을 했던 경험자로서 정치적 논란이 없는 정부 입법안이 이렇게 오래도록 방치되고 있다는 것은 이해할 수 없는 일이다. 더욱이 동물복지포럼 의원들이 10여 명이나 되는데 이 같은 정부 입법안이 낮잠을 자고 있다는 것은 어느 누구도 책임 있게 처리하겠다는 최소한의 의지조차 없다는 것이기도 하다. 의원 한 두 명만 책임 있게 적극적으로 나섰다면 이렇게 시간을 끌지 않았을 것이다. 이는 국민으로부터 부여받은 국회의원의 책무를 방기하고 있는 것이다.

2022년 12월 6일, 한국 정부는 '동물보호과'를 '동물복지국'으로 승격하고 '동물보호법'이 아닌 '동물복지법'으로 개편하겠다고 보도자료를 냈다. 하지만 여기에 동물 매매 금지 조항은 없었다.

얼마나 많은 동물이 죽어야 이 비극이 끝날 수 있을까. 동물의 대량 번식과 제3자 판매를 금지하는 한국의 '루시법'이 조속하게 제정되기를 바랄 뿐이다.

# 같은 곳을 바라보는 일

반려견이나 반려묘에게 수백, 수천만 원의 명품 옷을 입히거나 터무니없이 비싼 애견호텔에 보내는 등 일반 상식선에서 이해하기 어려운 '사치 행태'를 우리는 종종 기사로 접하게 된다. 그러나 이는 매우 극히 일부의 사람에 해당하며, 대부분의 반려인은 그런 허영과 과시에 관심이 없다. 반려인에게 가장 큰 관심사는 자기 반려동물 자체에 대한 관심이며, 자신의 돌봄 없이는 존재할 수 없는 반려동물의 생명에 대한 관심이다. 다시 말해, 조건 없는 사랑을 주고받는 일에만 '진심'인 사람들이 바로 반려인인 것이다.

따라서 반려인끼리 만나면 그렇게 반갑지 않을 수 없다. 반려동물과의 교감(交感)과 애정(affection)이 다른 반려인에게도 연결되기 때문이다. 말 그대로 감정의 상호 교감(交感)이 진행되는 것이고, 감정의 전이(affection)가 일어난다고 할 수 있다.

예컨대, 처음 마주친 반려동물의 안부를 물으며 동시에 반려인에게도 인사를 나누는 상황은 매우 자연스럽다. 내가 그러하듯 상대도 그렇게 반려동물을 사랑하기 때문이다. 그 감정이 반려인들끼

리 쉽게 연결되는 것이다. 같은 곳을 바라보는 반려인. 반려동물이 인간에게 허락한 선물이자 힘이 아닐까 한다.

지구별에는 인간보다 수없이 더 많은 종(種)이 각자의 영역에서 살아간다. 공존하기 위해 우리는 '생명존중'을 최고 가치로 삼아야 하지만, 그렇게 거창할 것도 없다. 지금 당장 우리 곁을 지키고 있는 반려동물, 우리의 먹거리로 존재하는 식용동물을 존중하는 것만으로도 이미 생명존중은 시작된다. 그리고 그런 사람들이 점점 늘어갈수록, 같은 곳을 바라보는 사람들이 많아질수록 우리는 서로 연결될 것이다. 마치 반려인들처럼 말이다.

갈등과 반목이 극단으로 치닫고 있는 요즘, 그 어느 때보다 우리는 공존하는 법을 알아야 한다. 그 시작이 바로 생명존중 아닐까.

# 확실한 처방

최근 반려동물 관련 TV 프로나 유튜브 영상물들이 기하급수적으로 늘고 있다. 지상파 방송을 비롯해 OTT 콘텐츠는 말할 것도 없고 유튜브에도 반려동물 관련 영상이 가득하다. 반려동물을 키우는 인구가 급속도로 늘고 있기 때문일 것이다. 이러한 영상과 더불어 반려동물과 함께하는 이야기를 적은 블로그 글도 손쉽게 찾아볼 수 있으니, 바야흐로 '반려동물시대'라고 해도 무방할 것이다.

이러한 다양한 콘텐츠 가운데 반려동물과 함께 살면 우울증이나 무력감에서 해방되거나 호전되는 에피소드가 종종 등장한다. 심리적인 질환뿐만 아니라 실제로 건강상 심각한 진단을 받은 경우에도 완쾌 또는 건강이 많이 좋아지는 기적 같은 일도 심심치 않게 볼 수 있다. 반려동물이 인간에게 제공하는 심리적인 안정감은 과학적인 연구 결과도 꽤 있으니, 말 그대로 반려동물과 함께하는 삶이 '확실한 처방'이 될 수도 있겠다는 생각이 든다.

나 역시 마찬가지. 나를 비롯해 우리 가족이 많이 힘들 때 다온이가 곁에 있어 큰 힘이 되었다. 위로는 물론이거니와 웃음도 되찾아

주었다. 현재로서는 다온이와 모아가 없는 우리 가족, 내 삶을 상상하기 어려울 지경이 되었다. 집에 들어왔는데, 반겨 주는 다온이와 모아가 없다면, 무척 허전할 것이다. 이미 다온이와 모아가 우리 삶에 큰 자리를 잡은 것 같다.

삶에 문제가 생겼을 때나 심리적으로 많이 힘들 때, 반려동물과의 교감이 확실한 처방이자 솔루션이 될 수 있다.

# 생명 그 자체를 존중해야 하는 시대

　한국에서 방영되고 있는 반려동물 관련 TV 프로를 보면, 감탄과 함께 미소가 지어진다. 특이한 행동을 하는 동물을 발견하거나 이상 행동을 하는 반려동물의 행동을 바로잡는 것을 보면서 신기함을 금치 못한다.

　반면에 유기된 동물, 안타까운 사연을 가진 동물을 구출하거나 소개하면서 이들의 아픔이 시청자에게 고스란히 전달되기도 한다. 풍성한 서사와 함께 반려동물 TV 프로를 통해 '희로애락'을 경험하게 되는 것이다.

　그러나 내가 예전에 주로 봤던 외국의 반려동물 관련 TV 프로에서는 반려동물의 특정 신체 부위를 치료하기 위해 최첨단 의료장비를 활용하거나, 정형외과적 보철물을 직접 제작해서 맞춤형으로 최첨단 수술을 하는 것을 많이 볼 수 있었다. 그저 인간과 반려동물 간의 교감 혹은 관계 개선만을 위한 것이 아니라, 반려동물의 삶 그 자체를 지켜 주는 동시에 수명뿐이 아니라 삶의 질까지 고려하는 이들의 노력은 정말 말로 형용하기 어렵다.

이제 우리는 반려동물 문화를 보다 질적으로 향상시켜야 할 때가 왔다. 지금까지 우리는 반려동물과 인간이 공존하는 법에 심혈을 기울여 왔고, 또 많은 것을 바꿔 놓았다. 반려동물에 대한 인식과 반려인 문화가 이전에 비해 많이 향상된 것은 사실이다. 그러나 여전히 우리는 반려동물의 '생명권'에 대해 인식이 부족하다. 이제 우리는 반려동물이 보다 행복하게 살 수 있도록 이들의 환경을 비롯하여 이들의 건강도 신경써야 한다.

다시 말해, 이들이 인간과 행복하게 '더 오래' 살 수 있도록 이들의 신체적 문제 또한 염두에 두어야 한다는 것이다. 예컨대, TV 프로 〈동물농장〉에서 예전에 긴박한 동물병원 응급실의 모습을 에피소드로 보여 준 적이 있었는데, 길게 이어지진 못했다. 아무래도 시청하기에 조금은 불편함을 느낄 수 있어서 그런 것이 아닌가 한다. 그러나 이제는 반려동물의 신체적 고통도 우리가 책임져야 할 때가 왔다. 생명 그 자체를 존중하는 시대에 이르렀기 때문이다.

# 반려인 구보씨의 일일

상쾌한 주말 아침이다. 오늘은 오랜만에 서울 교외에 살고 있는 친구를 만나러 나갔다 올 생각이다. 외출복으로 갈아입고 간단한 채비를 챙겼다. 그래도 먼 길을 다녀와야 하니 모아는 집에 두고, 다온이만 데려가기로 했다. 다온이에게 목줄을 채우고 집을 나섰다. 엘리베이터 안에서 마주친 이웃과 인사를 하고 이웃은 다온이에게도 친절한 인사말을 건넸다. 지하철 역사로 내려가는 도중에 다온이가 그만 실례를 하고 말았으나, 역사에 마련된 용변처리 봉투와 간단한 세척 도구로 서둘러 자리를 정리했다. 아무 일 없었다는 듯이 다온이는 익숙하게 앞장서서 지하철 승강장으로 향했다. 주말이라 그런지 지하철 내에는 사람이 많았지만, 그럭저럭 다온이와 함께 갈 만했다. 가는 도중에 반려견을 데리고 나온 또 다른 반려인을 만나 서로 인사를 나눴다. 다온이도 아주 짧고 간단한 인사를 나누고 바로 바닥에 기대 쉬었다.

이른 아침에 나와서 그런지 따뜻한 커피 한잔이 마시고 싶었다. 목적지에 내린 나는 카페에 들어가 커피를 주문했다. 다온이도 목이 말랐는지 카페 출입구 귀퉁이에 마련된 물그릇으로 가서 물을 마셨다. 다온이가 물을 마시는 동안 커피가 나왔고 나는 잠깐 자리에 앉아서 커피를 조금 마시고 일어나기로 했다. 다온이에게 미리 챙겨 온 간식 하나를 건네주었다. 간식을 다 먹은 다온이는 다시 물그릇에 가서 물을 마시고 돌아왔다. 옆 테이블의 다른 손님이 얌전히 앉아 있는 다온이를 칭찬했다.

10분 남짓 친구가 사는 곳으로 걸었다. 교외라 그런지 담장 너머 개와 닭 등의 가축을 기르는 집이 몇 가구 있었다. 나는 다온이의 목줄을 단단히 잡고 혹시 모를 일에 대비했다. 다행히도 친구의 전원주택에 도착할 때까지 아무 일 없었다. 곧 친구를 만나 간단한 담소를 나누고 친구 집 근처 식당에서 점심을 먹기로 했다. 다온이와 함께 식당에 도착한 나와 친구가 식사를 하는 동안, 식당 한편에 마련된 반려동물 전용 공간에 다온이를 넣고 미리 챙겨 온 사료를 주었다. 이윽고 식사를 마친 우리는 근처 카페에서 차 한잔 하며 담소를 나눴다. 다온이를 테이블 아래쪽에 앉혔는데 맞은편 강아지가 다가와 다온이 냄새를 맡더니 조금 알은체하다 각자의 자리로 돌아갔다.

오랜만에 친구와 해후를 마친 나는 다시 집으로 돌아가기 위해 지하철 역사로 향했다. 혹시 지하철 내에서 다온이가 실례를 할 수도 있으니 지하철 역사 근처에서 용변을 보게 하고 용변 봉투는 역사 입구에 마련된 용기에 버리고 지하철 승강장으로 내려갔다. 다행히 자리가 많이 남아 있어 앉아 갈 수 있었다. 다온이는 내 다리 아래쪽에 자리를 잡았다. 가는 도중 옆자리에 앉은 꼬마 아이가 다온이에게 인사를 건넸다. 다온이는 아주 짧게 인사에 답했다.

집 근처 지하철역에 도착했다. 다온이의 목줄을 바짝 당겨 잡고 길을 나섰다. 다온이는 익숙한 길이라 그런지 서슴없이 앞을 향했다. 집에 들어가는 도중 간단한 요깃거리를 살까 하고 편의점에 들렀다. 편의점 출입구 옆 반려견 목줄을 걸어 두는 곳에 다온이 목줄을 잠깐 걸어 두고 물품 몇 개를 구입했다. 아파트 화단 근처에서 다온이는 용변을 보았고, 각 동 출입구에 마련된 배변 봉투로 뒤처리를 하였다. 집에 도착한 다온이는 모아와 가족들에게 짧지만 강한 귀가 세리머니를 하고 곧바로 딸아이와 함께 목욕하러 욕실에 들어갔다. 다온이와 함께한 하루라 그런지 기분 좋은 피로감이 밀려왔다. 오늘은 저녁 먹고 일찍 좀 쉬어야겠다.

* 이 글은 박태원의 소설 〈소설가 구보씨의 일일〉을 '반려인 버전'으로 각색해 본 것이다. 반려견과 어디든 편하게 다녀올 수 있는 그런 날이 빨리 오길 바란다.

# 새로운 경험, 신기한 교감

　참 힘들고 어려운 시간이었습니다. 겪어 보지 않고는 말로 표현하기 힘든 상상조차 하기 싫은 고통이었습니다.

　검찰은 처음 섣불리 예단했던 사건이 나와 무관한 것으로 밝혀지고, 곧이어 두 차례의 구속영장이 모두 기각되자 사생결단하고 나섰습니다. 그도 그럴 것이 정권 초기, 초대 정무수석에 대한 수사는 지휘 보고 등 최소한의 절차를 어기고 시작되었습니다. 검찰이 혼신을 다해 유죄를 만들어야 하는 이유였지요.

　그렇게 해서 말로만 듣던 '먼지털이식 과잉수사'의 희생양이 되었습니다. '대한민국 검찰에게는 죄가 없으면 죄 없는 것이 죄가 된다.'는 우스갯소리가 맞는 말이었습니다.

　결국, 대부분 알지도 못하는 일들이 피의 사실로 매일 공표되면서 '별의 별건'을 묶어 총 15건에 달하는 '인해전술'식 대량 기소를 당했습니다. 본안 유죄에 대한 자신감이 그만큼 없었다는 반증이기도 했습니다.

　이해하기 어려운 초대 정무수석에 대한 과잉수사는 청와대 내 권

력 암투의 결과라는 얘기까지 돌았습니다. 재판 과정에서는 재판장이 "오랜만에 권위주의 정부 시절 공안사건 공소장을 보는 것 같다."는 지적을 했고, "공소장 일본주의를 어기고 있다."는 문제 제기도 했습니다. 또 사건 조사와 관련해 "군사정부 시절의 물고문보다 심하다."는 입회 변호사의 항의가 있었다는 증언도 나왔습니다.

결국 본안은 물론이고 별건들도 대부분 무죄가 되었고, 찌꺼기 별건 사안으로 단 하루의 실형 없이 집행유예로 결말이 났습니다.

그조차도 저한테는 억울하고 원통한 일이었습니다. 대부분의 언론들은 처음 요란했던 것과는 달리 싱겁게 끝났다면서 "검찰이 체면을 구겼다.", "검찰이 머쓱하게 됐다."는 평가를 하기도 했습니다. 전임 정권 수사를 위한 현 정부 핵심 인물의 속죄양 의식은 그렇게 허무하게, 그러나 당사자에게는 뼈저리게 끝났습니다.

그러나 하나님의 도우심으로 문재인 정부 초창기 떠들썩했던 정치적 사건은 선고 실효의 사면 복권으로 최종 마무리되었습니다. 4년 가까운 수사와 재판의 지옥 같은 시간을 감사하게도 많은 분들의 격려와 믿음으로 생존에 성공할 수 있었습니다.

그런데 어느 날, 작은 강아지 한 마리가 우리 가족의 억울함과 고통을 어루만져 주리라고는 상상하지 못했습니다. 생후 3개월짜리 '크림 푸들' 다온이는 순수의 눈빛으로 근심과 분노에 휘감겨 있던 우리 가족에게 위로와 사랑을 주었습니다.

다온이는 우리 가족들에게 생기를 불어넣었습니다. 그뿐만 아니라 산책을 통해 건강 지킴이 역할도 했습니다. 딸아이는 "하나님이 우리 가족에게 다온이를 수호천사로 보내 주신 것 같다."는 얘기를 합니다.

다온이가 우리 가족에게 주는 위로와 사랑은 특별합니다. 그때부터 다온이와 특별하고도 소중한 교감을 휴대폰에 메모하는 습관이 생겼습니다.

다른 강아지처럼 살가운 성격은 아니지만, 다온이의 시크한 태도와 간절한 눈빛은 우리 가족들이 더더욱 사랑에 빠져들게 하는 마력을 가지고 있습니다.

눈빛으로 아빠의 아픔과 억울함을 잘 알고 있다고 위로하는 녀석. 무릎 위로 올라오지는 않지만, 우리에게 조용히 다가와 슬그머니 기대며 찐한 애정을 보내는 다온이와 교감은 위로와 평안 그 자체입니다.

다온이를 통해 많은 것을 얻은 우리 가족은 지난해 12월 비숑 프리제 모아를 입양했습니다.

모아는 다온이와는 어쩌면 그렇게 정반대인지 신기할 정도입니다. 다온이 혼자일 때와는 비교할 수 없을 정도로 번잡스럽고 손이 많이 가지만, 모아의 적극적인 애교와 애정 공세에 우리 가족의 행복은 두 배가 되었습니다.

어디에 있건, 부르면 재빨리 달려와 안기는 모아는 새로운 즐거움과 행복을 선사하고 있습니다.


그동안 다온이와 특별한 교감, 그리고 모아와의 새로운 경험을 정리하는 것 또한 즐거운 일이었습니다. 두 댕댕이들을 통해 지구에서 함께 살아가는 생명체에 대해, 그리고 소중함에 대해 새롭게 눈뜨게 되었습니다.

반려인들에게는 공감의 폭을 넓히고, 비반려인들에게는 새로운 교감의 세계를 접하는 계기가 되었으면 좋겠습니다. 더 많은 반려견과 반려인들이 행복해지기를….

지구별에 함께하는 모든 생명과의 공존, 교감이 더욱더 깊고 커지기를….


제 경험이 작은 계기가 된다면 참 좋겠습니다.

2023년 새봄
전병헌

모든 은혜의 하나님 곧 그리스도 안에서 너희를 부르사 자기의 영원한 영광에 들어가게 하신 이가 잠깐 고난을 당한 너희를 친히 온전하게 하시며 굳건하게 하시며 강하게 하시며 터를 견고하게 하시리라.

_베드로전서 5:10